名家散文典藏

彩插版

林清玄散文精选

林清玄 著

长江出版传媒 长江文艺出版社

图书在版编目（CIP）数据

林清玄散文精选 / 林清玄著. -- 武汉：长江文艺出版社，2017.12(2024.1 重印)
　（名家散文典藏：彩插版）
　ISBN 978-7-5354-9903-5

Ⅰ. ①林… Ⅱ. ①林… Ⅲ. ①散文集－中国－当代 Ⅳ. ①I267

中国版本图书馆 CIP 数据核字(2017)第 191601 号
著作权登记号 图字：17-2016-161 号

本书由台北九歌出版社有限公司授权出版

责任编辑：阮　珍　　　　　　　责任校对：毛季慧
封面设计：龙　梅　　　　　　　责任印制：邱　莉　　胡丽平

出版：长江出版传媒　长江文艺出版社
地址：武汉市雄楚大街 268 号　　邮编：430070
发行：长江文艺出版社
http://www.cjlap.com
印刷：湖北画中画印刷有限公司

开本：640 毫米×970 毫米　　1/16　印张：13.75　插页：6 页
版次：2017 年 12 月第 1 版　　2024 年 1 月第 8 次印刷
字数：147 千字

定价：28.00 元

版权所有，盗版必究（举报电话：027—87679308　　87679310）
（图书出现印装问题，本社负责调换）

目录

名家散文典藏 林清玄 散文精选

◆ 人间有味是清欢 ◆

清　欢 / 003

苦瓜特选 / 009

不是茶 / 012

斩春风 / 016

野　炊 / 018

散步去吃猪眼睛 / 021

林妈妈水饺 / 026

林边莲雾 / 030

清雅食谱 / 033

抹茶的美学 / 036

茶香一叶 / 041

油面摊子 / 045

林清玄散文精选

◆ 温一壶月光下酒 ◆

家家有明月清风 / 051

无关风月 / 056

温一壶月光下酒 / 059

我似昔人,不是昔人 / 066

以水为师 / 072

咫尺千里 / 076

黄玫瑰的心 / 080

不曾一颗真 / 084

走向生命的大美 / 087

岁月的灯火都睡了 / 091

月光下的喇叭手 / 094

屋顶上的田园 / 100

◆ 不信青春唤不回 ◆

掌中宝玉 / 107

真正的桂冠 / 109

红心番薯 / 112

白雪少年 / 118

槟榔西施 / 121

仙堂戏院 / 123

采更多雏菊 / 128

寒梅着花未? / 131

童年的自己 / 134

跑龙套的时代 / 137

发芽的心情 / 139

林 清 玄 散 文 精 选

◆ 无灾无难到公卿 ◆

一杯蜜是炼过几只蜂的 / 147

生命的酸甜苦辣 / 150

无灾无难到公卿 / 152

世　缘 / 156

留一只眼睛看自己 / 159

检点自己的宝盒 / 163

柔软心 / 166

谦卑心 / 168

玻璃心 / 172

黑暗的剪影 / 175

步步起清风 / 178

◆ 总有群星在天上 ◆

雪的面目 / 185

送一轮明月给他 / 187

莲花汤匙 / 190

一心一境 / 193

去做人间雨 / 196

生活的回香 / 200

生命的化妆 / 202

素　质 / 204

以直观来面对世界 / 206

总有群星在天上 / 208

人间有味是清欢

清欢

少年时代读到苏轼的一阕词,非常喜欢,到现在还能背诵:

  细雨斜风作晓寒,淡烟疏柳媚晴滩,入淮清洛渐漫漫。雪沫乳花浮午盏,蓼茸蒿笋试春盘,人间有味是清欢。

这阕词,苏轼在旁边写着"元丰七年十一月二十四日,从泗州刘倩叔游南山",原来是苏轼和朋友到郊外去玩,在南山里喝了浮着雪沫乳花的小酒,配着春日山野里的蓼菜、茼蒿、新笋,以及野草的嫩芽等等,然后自己赞叹着:"人间有味是清欢!"

  当时所以能深记这阕词,最主要的是爱极了后面这一句,因为试吃野菜的这种平凡的清欢,才使人间更有滋味。"清欢"是什么呢?清欢几乎是难以翻译的,可以说是"清淡的欢愉",这种清淡的欢愉不是来自别处,正是来自对平静疏淡简朴生活的一种热爱。当一个人可以品味出野菜的清香胜过了山珍海味,或者一个人在路边的石头里看出了比钻石更吸引人的滋味,或者一个人听林间鸟鸣的声音感受到比提笼遛鸟更感动,或者体会了静静品一壶乌龙茶比起在喧闹的晚宴中更能清洗心灵……这些就是"清欢"。

林　清　玄
散 文 精 选

　　清欢之所以好，是因为它对生活的无求，是它不讲求物质的条件，只讲究心灵的品位。"清欢"的境界很高，它不同于李白的"人生在世不称意，明朝散发弄扁舟"那样的自我放逐；或者"人生得意须尽欢，莫使金樽空对月"那种尽情的欢乐。它也不同于杜甫的"人生有情泪沾臆，江水江花岂终极"这样悲痛的心事，或者"人生不相见，动如参与商；今夕复何夕，共此灯烛光"那种无奈的感叹。

　　活在这个世界上，有千百种人生，文天祥的是"人生自古谁无死，留取丹心照汗青"，我们很容易体会到他的壮怀激烈。欧阳修的是"人生自是有情痴，此恨不关风与月"，我们很能体会到他的绵绵情恨。纳兰性德的是"人到情多情转薄，而今真个不多情"，我们也不难会意到他无奈的哀伤。甚至于像王国维的"人生只似风前絮，欢也零星，悲也零星，都作连江点点萍！"那种对人生无常所发出的刻骨的感触，也依然能够知悉。

　　可是"清欢"就难了！

　　尤其是生活在现代的人，差不多是没有清欢的。

　　什么样是清欢呢？我们想在路边好好地散个步，可是人声车声不断地呼吼而过，一天里，几乎没有纯然安静的一刻。

　　我们到馆子里，想要吃一些清淡的小菜，几乎是杳不可得，过多的油、过多的酱、过多的盐和味精已经成为中国菜最大的特色，有时害怕了那样的油腻，特别嘱咐厨子白煮一个菜，菜端出来时让人吓一跳，因为菜上挤的沙拉比菜还多。

　　有时没有什么事，心情上只适合和朋友去啜一盅茶、饮一杯咖啡，可惜的是，心情也有了，朋友也有了，就是找不到地方，有茶有咖啡的地方总是嘈杂的。

　　俗世里没有清欢了，那么到山里去吧！到海边去吧！但是，山边和海湄也不纯净了，凡是人的足迹可以到的地方，就有了垃圾，就有

了臭秽,就有了吵闹!

有几个地方我以前常去的,像阳明山的白云山庄,叫一壶兰花茶,俯望着台北盆地里堆叠着的高楼与人欲,自己饮着茶,可以品到茶中有清欢。像在北投和阳明山间的山路边有一个小湖,湖畔有小贩卖工夫茶,小小的茶几,藤制的躺椅。独自开车去,走过石板的小路,叫一壶茶,在躺椅上静静地靠着,有时湖中的荷花开了,真是惊艳一山的沉默。有一次和朋友去,在躺椅上静静喝茶,一下午竟说不到几句话,那时我想,这大概是"人间有味是清欢"了。

现在这两个地方也不能去了,去了只有伤心。湖里的不是荷花了,是飘荡着的汽水罐子,池畔也无法静静躺着,因为人比草多,石板也被踏损了。到假日的时候,走路都很难不和别人推挤,更别说坐下来喝口茶,如果运气更坏,会遇到呼啸而过的飞车党,还有带伴唱机来跳舞的青年,那时所有的感官全部电路走火,不要说清欢,连欢也不剩了。

要找清欢一日比一日更困难了。

当学生的时候,有一位朋友住在中和圆通寺的山下,我常常坐着颠簸的公车去找她,两个人沿着上山的石阶,漫无速度的、走走、坐坐、停停、看看,那时圆通寺山道石阶的两旁,杂乱的长着朱槿花,我们一路走,顺手拈下一朵熟透的朱槿花,吸着花朵底部的花露,其甜如蜜,而清香胜蜜,轻轻地含着一朵花的滋味,心里遂有一种只有春天才会有的欢愉。

圆通寺是一座全由坚固的石头砌成的寺院,那些黑而坚强的石头坐在山里仿佛一座不朽的城堡,绿树掩映,清风徐徐,站在用石板铺成的前院里,看着正在生长的小市镇,那时的寺院是澄明而安静的,让人感觉走了那样高的山路,能在那平台上看着远方,就是人生里的清欢了。

林清玄
散文精选

后来,朋友嫁人,到国外去了。我去过一趟圆通寺,山道已经开辟出来,车子可以环山而上,小山路已经很少人走,就在寺院的门口摆着满满的摊贩,有一摊是儿童乘坐的机器马,叽里咕噜的童歌震撼半山,有两摊是打香肠的摊子,烤烘香肠的白烟正往那古寺的大佛飘去,有一位母亲因为不准孩子吃香肠而揍打着两个孩子,激烈的哭声尖亢而急促……我连圆通寺的寺门都没有进去,就沉默地转身离开,山还是原来的山,寺还是原来的寺,为什么感觉完全不同了,失去了什么吗?失去的正是清欢。

下山时的心情是不堪的,想到星散的朋友,心情也不是悲伤,只是惆怅,浮起的是一阕词和一首诗,词是李煜的:"高楼谁与上?长记秋晴望。往事已成空,还如一梦中!"诗是李觏的:"人言落日是天涯,望极天涯不见家;已恨碧山相阻隔,碧山还被暮云遮!"那时正是黄昏,在都市烟尘蒙蔽了的落日中,真的看到了一种悲剧似的橙色。

我二十岁心情很坏的时候,就跑到青年公园对面的骑马场去骑马,那些马虽然因驯服而动作缓慢,却都年轻高大,有着光滑的毛色。双腿用力一夹,它也会如箭一般呼啸向前蹿去,急忙的风声就从两耳掠过,我最记得的是马跑的时候,迅速移动着的草的青色,青茸茸的,仿佛饱含生命的汁液,跑了几圈下来,一切恶的心情也就在风中、在绿草里、在马的呼啸中消散了。

尤其是冬日的早晨,勒着缰绳,马就立在当地,踢踏着长腿,鼻孔中冒着一缕缕的白气,那些气可以久久不散,当马的气息在空气中消弭的时候,人也好像得到某些舒放了。

骑完马,到青年公园去散步,走到成行的树荫下,冷而强悍的空气在林间流荡,可以放纵地、深深地呼吸,品味着空气里所含的元素,那元素不是别的,正是清欢。

最近有一天,突然想到骑马,已经有十几年没骑了。到青年公园

的骑马场时差一点吓昏,原来偌大的马场已经没有一根草了,一根草也没有的马场大概只有台湾才有,马跑起来的时候,灰尘滚滚,弥漫在空气里的尽是令人窒息的黄土,蒙蔽了人的眼睛。马也老了,毛色斑驳而失去光泽。

最可怕的是,不知道什么时候在马场搭了一个塑胶棚子,铺了水泥地,奇丑无比,里面则摆满了机器的小马,让人骑用,奇吵无比。为什么为了些微的小利,而牺牲了这个马场呢?

马会老是我知道的事,人会转变是我知道的事,而在有真马的地方放机器马,在马跑的地方没有一株草则是我不能理解的事。

就在马场对面的青年公园,已经不能说是公园了,人比西门町还拥挤吵闹,空气比咖啡馆还坏,树也萎了,草也黄了,阳光也不灿烂了。从公园穿越过去,想到少年时代的这个公园,心痛如绞,别说清欢了,简直像极了佛经所说的"五浊恶世"!

生在这个时代,为何"清欢"如此难觅。眼要清欢,找不到青山绿水;耳要清欢,找不到宁静和谐;鼻要清欢,找不到干净空气;舌要清欢,找不到蓼茸蒿笋;身要清欢,找不到清凉净土;意要清欢,找不到智慧明心。如果要享受清欢,唯一的方法是守在自己小小的天地,洗涤自己的心灵,因为在我们拥有愈多的物质世界时,我们的清淡的欢愉就日渐失去了。

现代人的欢乐,是到油烟爆起,卫生堪虑的啤酒屋去吃炒蟋蟀;是到黑天暗地、不见天日的卡拉OK去乱唱一气;是到乡村野店、胡乱搭成的土鸡山庄去豪饮一番;以及到狭小的房间里做方城之戏,永远重复着摸牌的一个动作……这些放逸的生活以为是欢乐,想起来毋宁是可悲的。为什么现代人不能过清欢的生活,反而以浊为欢,以清为苦呢?

一个人以浊为欢的时候,就很难体会到生命清明的滋味,而在欢乐已尽，浊心再起的时候，人间就愈来愈无味了。

这使我想起东坡的另一首诗来：

> 梨花淡白柳深青，柳絮飞时花满城；惆怅东栏一株雪，人生看得几清明？

苏轼凭着东栏看着栏杆外的梨花：满城都飞着柳絮时，梨花也开了遍地，东栏的那株梨花却从深青的柳树间伸了出来，仿佛雪一样的清丽，有一种惆怅之美。但是，人生看这么清明可喜的梨花能有几回呢？这正是千古风流人物的性情，这正是清朝大画家盛大士在《溪山卧游录》中说的："凡人多熟一分世故，即多一分机智。多一分机智，即少却一分高雅。""山中何所有？岭上多白云，只可自怡悦，不堪持赠君。"自是第一流人物。第一流人物是什么人物？第一流人物是在清欢里也能体会人间有味的人物！第一流人物是在污浊滔滔的人间，也能找到清欢的人物！

苦瓜特选

她离去那一年,他不知道为什么就开始喜欢吃苦瓜,那时他的母亲在后园里栽种了几棵苦瓜,苦瓜累累地垂吊在竹棚子下面,经过阳光照射,翠玉一样的外表就透明了起来,清晨阳光斜照的时候,几乎可以看见苦瓜内部深红的期待成熟的种子。

他从未对母亲谈过自己情感的失落,原因或许是他一向认为,像母亲经过媒妁之言嫁给父亲那一代的女子,是永远也不能体会感情的奥妙。

母亲自然从未问起他的情感,只是以宽容的慈爱的眼睛默默地注视他的沉默。他每天自己到园子里挑一粒苦瓜,总是看见母亲在园子里浇水除草,一言不发地,有时微笑地抬头看他。

他摘了苦瓜转进厨房,清洗以后,就用薄刀将苦瓜切成一片一片晶明剔透,调一盘蒜泥酱油,添了一碗母亲刚熬好还热在灶上的稀饭,细细咀嚼苦瓜的滋味。

生的苦瓜冰凉爽脆,初食的时候像梨子一般,慢慢地就生出一种苦味来,那苦味在吞咽的时候,又反生出特别的甜味。这生食苦瓜的方法,原是他幼年即得到母亲的调教,只是他并未得到母亲挑选苦瓜的真传,总觉得自己挑选的苦瓜不够苦,没有滋味。

林 清 玄
散 文 精 选

　　有一日，他挑了一粒苦瓜正要转出后园，看见母亲提着箩筐要摘苦瓜送到市场去卖，母亲唤住他说："你挑的苦瓜给我看看。"

　　他把手里的苦瓜交给母亲。

　　母亲微笑地从箩筐里取出一粒苦瓜，与他的苦瓜平放在一起，问说："你看这两粒苦瓜有什么不同？"

　　他仔细端详两粒苦瓜，却分不出它们有什么差异，母亲告诉他，好的苦瓜并不是那种洁白透明的，而是带着一种深深的绿色；而好的苦瓜表皮上的凹凸是明显的，不是那种平坦光滑的；好的苦瓜原不必巨大，而是小而结实的。然后，母亲以一种宽容的声音对他说："原来你天天吃苦瓜，并不知道如何挑选苦瓜，就像你这些日子受着失恋的煎熬，以为是人世里最苦的，那是因为你不知道还有比失恋更苦的东西。世界上没有不苦的苦瓜，就像没有不苦的恋爱，最好的苦瓜总是最苦的，但却是在最苦的时候回转出一种清凉的甘味。"

　　他默默听着，不知道如何回答母亲。

　　母亲指着他们的苦瓜园，说："在这么大的园子里，怎么能知道哪些苦瓜是最好的，是在苦里还有甘香的？如果没有经过几十年的磨炼就无法分辨。生命也正是这样的，没有人天生会分辨苦瓜的甘苦，也没有人天生就能从失败的恋爱里得到启示；我们不吃过坏的苦瓜，就不知道好的是什么滋味，我们不在情感里失败，就不太容易在人生里成功。"

　　他没想到母亲猜中了他的心事，低下头来，看到母亲箩筐边的纸箱写了"苦瓜特选"四个字，母亲牵起他的手，换过一粒精选的苦瓜，说："你吃吃这个，看看有什么不同？"

　　他坐在红木小饭桌边吃着母亲为他挑选的那粒苦瓜，细细地品味，并且咀嚼母亲方才对他说的话，才真正知道了上好的苦瓜，原来在最苦的时候有一股清淡的香气从浓苦中穿透出来，正如上好的茶、上好

的咖啡、上好的酒,在舌尖是苦的,到了喉咙时才完全区别出来有一种持久的芳香。

望穿明亮的窗户,看到后园中累累的苦瓜,他在心中暗暗地想着:"如果情感真像苦瓜一般,必然有苦的成分,自己总要学习如何在满园的苦瓜里找到一粒最好的,最能回甘的苦瓜。"

然后他看到母亲从苦瓜园里穿出的背影,转头对他微笑,他才知道母亲对情感的智慧,原来不是从想象来的,而是来自生活。

不是茶

日本茶道大师千利休，是日本无人不晓的历史人物，他的家教非常成功，千利休家族传了十七代，代代都有茶道名师。

千利休家族后来成为日本茶道的象征，留下来的故事不计其数，其中有三个故事我特别喜欢。

千利休到晚年时，已经是公认的伟大茶师，当时掌握大权的将军秀吉特地来向他求教饮茶的艺术，没想到他竟说饮茶没有特别神秘之处，他说："把炭放进炉子里，等水开到适当程度，加上茶叶使其产生适当的味道。按照花的生长情形，把花插在瓶子里。在夏天的时候使人想到凉爽，在冬天的时候使人想到温暖，没有别的秘密。"

发问者听了这种解释，便带着厌烦的神情说，这些他早已知道了。千利休厉声地回答说："好！如果有人早已知道这种情形，我很愿意作他的弟子。"

千利休后来留下一首有名的诗，来说明他的茶道精神：

先把水烧开，
再加进茶叶，
然后用适当的方式喝茶，

那就是你所需要知道的一切，

除此以外，茶一无所有。

这是多么动人，茶的最高境界就是一种简单的动作、一种单纯的生活，虽然茶可以有许多知识学问，在喝的动作上，它却还原到非常单纯有力的风格，超越了知识与学问。也就是说，喝茶的艺术不是一成不变的，随着每个人的个性与喜好，用自己"适当的方式"，才是茶的本质。如果茶是一成不变，也就没有"道"可言了。

另一个动人的故事是关于千利休教导他的儿子。日本人很爱干净，日本茶道更有着绝对一尘不染的传统，如何打扫茶室因而成为茶道艺术极重要的传承。

传说当千利休的儿子正在洒扫庭园小径时，千利休坐在一旁看着。当儿子觉得工作已经做完的时候，他说："还不够清洁。"儿子便出去再做一遍，做完的时候，千利休又说："还不够清洁。"这样一而再，再而三地做了许多次。

过了一段时间，儿子对他说："父亲，现在没有什么事可以做了。石阶已经洗了三次，石灯笼和树上也洒过水了，苔藓和地衣都披上了一层新的青绿，我没有在地上留下一根树枝和一片叶子。"

"傻瓜，那不是清扫庭园应该用的方法。"千利休对儿子说，然后站起来走入园子里，用手摇动一棵树，园子里霎时间落下许多金黄色和深红色的树叶，这些秋锦的断片，使园子显得更干净宁谧，并且充满了美与自然，有着生命的力量。

千利休摇动的树枝，是在启示人文与自然和谐乃是环境的最高境界，在这里也说明了一位伟大的茶师是如何从茶之外的自然得到启发。如果用禅意来说，悟道者与一般人的不同也就在此，过的是一样的生活，对环境的观照已经完全不一样，他能随时取得与环境的和谐，不

林　清　玄
散 文 精 选

论是秋锦的园地或瓦砾堆中都能创造泰然自若的境界。

还有一个故事是关于千利休的孙子宗旦，宗旦不仅继承了祖父的茶艺，对禅也极有见地。

有一天，宗旦的好友京都千本安居院正安寺的和尚，叫寺中的小沙弥送给宗旦一枝寺院中盛开的椿树花。

椿树花一向就是极易掉落的花，小沙弥虽然非常小心地捧着，花瓣还是一路掉下来，他只好把落了的花瓣拾起，和花枝一起捧着。

到宗旦家的时候，花已全部落光，只剩一枝空枝，小沙弥向宗旦告罪，认为都是自己粗心大意才使花落下了。

宗旦一点也没有怨怪之意，并且微笑地请小沙弥到招待贵客的"今日庵"茶席上喝茶。宗旦从席床上把祖父千利休传下来名贵的国城寺花筒拿下来，放在桌上，将落了花的椿树枝插于筒中，把落下的花散放在花筒下，然后他向空花及空枝敬茶，再对小沙弥献上一盅清茶，谢谢他远道赠花之谊，两人喝了茶后，小沙弥才回去向师父复命。

宗旦是表达了一个多么清朗的境界！花开花谢是随季节变动的自然，是一切的"因"；小和尚持花步行而散落，这叫作"缘"。无花的椿枝及落了的花，一无价值，这就是"空"。

从花开到花落，可以说是"色即是空"，但因宗旦能看见那清寂与空静之美，并对一切的流动现象，以及一切的人抱持宽容的敬意，他把空变成一种高层次的美，使"色即是空"变成"空即是色"。

对于看清因缘的人，"色不异空""空不异色"也就不是那么难以领会了。

老和尚、小沙弥、宗旦都知道椿树花之必然凋落，但他们都珍惜整个过程，这就是我们常说的"惜缘"，惜缘所惜的并不是对结局的期待，而是对过程的宝爱呀！

在日本历史上，所有伟大的茶师都是学禅者，他们都向往沉静、

清净、超越、单纯、自然的格局,一直到现代,大家都公认不学禅的人是没有资格当茶师的。

因此,关于茶道,日本人有"不是茶"的说法,茶道之最高境界竟然不是茶,从这里也可以看出人们透过茶,是在渴望着什么,简单地说,是渴望着渺茫的自由,渴望着心灵的悟境,或者渴望着做一个更完整的人吧!

斩春风

四大非我有，五蕴本来空；掉头挨白刃，恰似斩春风。

——僧肇和尚

民国初年的高僧印光大师，在他的佛堂里一物也无，只在正中央用大笔写了一个字"死"，用来策励自己的修行，因为"生死事大、无常迅速"，一个人等于每天都在面对生死的问题，若不能真实面对生死，就不算是修行了。

最近来台湾弘法的宣化上人也说过八字的名言："一寸时光，一寸命光。"意思是一寸时光的流逝等于一寸生命的死亡，修行者应该好好珍惜光阴。

佛教一切修行的法门都是用来解决生死的问题，其中尤以禅宗与净土宗特别重视生死的解脱。这并不意味说修行者畏惧生死，反而是说，他们希望从生死的面对中来看清生命的实相，来珍惜生命、庄严生命，让生命赋予一个无上、究极、真实的意义。

净土是在为今生的死亡预作准备，期待在最后一刻进入佛的清净国土；禅则是要通贯三世，了透生死的实相，因此，所面对的都是人

的生死问题。有一位幻住和尚说:"参禅只为明生死,念佛唯图了死生;但向一边挨得入,两条门路不多争。"就好像一个人在旷野中遇到了凶狠的强盗拔刀追杀,这人奋力逃走跑到了河边,当他远远看到河流时,不会有时间去想:"我过河时要脱衣渡河呢?或是穿衣渡河呢?脱衣渡河恐怕没有时间,穿衣渡河又怕坏了我的衣领呀!"他只是一心奔逃,纵身一跃地渡河!

禅宗或净宗行者,都是在避却死亡之贼的追赶,根本没有想到衣服的问题(佛教里常以衣服来象征人身),由于死亡之贼凶猛,所以修行人一刻也不能放松。

仰山祖钦在追随径山师范时,一起坐禅的有位修上座,祖钦一直想与他亲近,总是找不到机会,这样过了一年,有一天在走廊遇见了,赶紧向前亲近问说:"去年要与你说话,只避我,为何?"修上座回答说:"真正辨道人,无剪爪之工,更与你说话在!"这句话说得真好,真正修行的人连剪指甲的工夫都没有,哪里还有时间说闲话。

当一个人做好功夫,贯通了三世的实相,他就能超越生死的畏惧与挂怀了。净土行者通常在死的一刻才知道自己是否解脱(因为他要仰赖佛力),禅师则是在顿悟的一刻已了脱生死了。

晋朝的僧肇和尚是很好的写照,他一开始修学老庄思想,后来拜在中国最伟大的佛教译师鸠摩罗什,罗什称他为"法中龙象"。苻坚蹿起后,很欣赏僧肇的才华,强迫他还俗为臣,他不肯,因此被苻坚处了极刑,他在临刑前,就说了"四大非我有,五蕴本来空;掉头挨白刃,恰似斩春风"这首遗偈,让我们几乎可以回想到他掉头挨白刃的富有启发性的表情!

明朝的紫柏真可禅师,晚年因冤案入狱受刑,他遗言:"世法如此,久住何为?"念佛数声,闭目坐脱。说来就来,说走就走,唯有到了这样的境界,才能把身体与春风等量齐观呀!

野炊

　　一次远行回来，家左近的大平房已经夷为平地了。那平房原本是附近大楼中唯一的三合院，有一座巨大的花园铺满朝鲜草，还种了桂花、夜来香、玫瑰、茶花等四季花卉。花园连着屋宇，围绕的是一堵齐胸高的围墙，墙上密密麻麻的九重葛，显出这是一家颇具历史的宅院。

　　园子里还有几棵高大的榕树，有时主人会坐在树下喝茶乘凉，房屋虽已老旧，但保存得好，白墙红瓦仍然相当精致。偶尔遇到屋里出来的人，无不是文质彬彬，礼数有加，令人称羡。

　　那一户人家，无疑是我们这些"大楼居民"最羡慕的一家，因为这年头在都市里，能住在有花有树、有土有草、有围墙有屋瓦的房子的人实在太少了。有一回遇到那家主人，我向他表达了心里的羡慕之意，想不到他的回答是意外的。

　　他说："本来住这里是不错，可是自从这一带成为黄金地段以后，大楼连云，你看前后左右都是大楼，我们从早晨到黄昏，只有中午才照得到阳光，住在没有阳光的地方有什么意思呢？我还羡慕你们住大楼的人哩！至少不管早晨或黄昏总能见到阳光。"

　　我以为那只是主人的谦虚之词，没想到一趟旅行回来，他的房屋

花园只剩下瓦砾一堆，花树也尸骨无存了，一家人不知搬往何处。过了几天，原来的红砖围墙变成一面铁墙，写着某某建设公司的字样，只留下南边一面的空隙，因为这边盖了一座工寮。

我有时候散步从那里经过，总是禁不住怀想那座庭园的旧日时光，它在脑中印象鲜明，却再也不能找到曾有美丽花园的证据，甚至连一株草也未曾留下。心里莫名地有一种失落，那不是我的屋子，也不是我的花园，只是这个时代为什么就不能容许一个像样花园的存在呢？

不久之后，南面工寮住进一群工人，他们辛勤地为大楼打着地基，中午只吃用简单的便当。黄昏下工后他们的晚餐就饶有兴味了。因为居住空间窄小，他们只好在瓦砾堆上烧饭做菜，趁着夜色尚未来临，众人围着晚餐，还边喝着米酒，一餐饭常常吃到夜深，还在黑暗中有着笑语。

我时常站在一旁看他们晚餐，工作服尚未换过的妇人忙碌地野炊，热腾腾的饭菜摆在缠电缆的巨大木轮上，在秋深的黄昏看起来特别可口。他们看见我也点头微笑，时日一久，其中的一位年长者邀我一起共进晚餐，他说的是农村里相互问候最简单的话："吃饱未？做伙来！"

那夜我与他们共进晚餐，同用粗碗喝着米酒，才知道这些建筑工人们都是来自农村，都有亲戚关系；以一家人为中心，另外有堂兄弟，还有叔侄，有的做土水，有的叠砖，有的架鹰架，分工合作在都市里打天下，因为在外地互相照应，感情也特别的好。

至于他们离乡的原因，是乡下的农田收入不敷，只好举家到城市讨生活。他们的生活其实简单，一栋大楼盖完换一栋大楼，就像游牧民族；不同的是，游牧民族逐水草而居，他们逐工地而居；相同的是，心情上都有流浪的准备，随时迁徙。

我们谈起一些乡下的事，这些人在乡间，都拥有自己的房子，都

林　清　玄
散　文　精　选

是平房，屋前有庭院，屋后有农田，有一个四野开阔的世界。他们却舍弃那样的天地不要，一群人挤在二十坪不到的地方，连个厨房都没有，天天在瓦砾堆上野炊，与旧时农家四处升起炊烟的温暖真是不能相比。

野炊是有趣的，可是天天被逼着野炊，让人多少感到难过，万一刮了风下了雨，只好全家挤着吃便当。只要发了工钱，就全家到摊子上吃一顿，打打牙祭——这种生活，恐怕是仍留在乡村的人无以想象的。而更令我难过的是，都市的进展不但使得城里的人失去花园，连一些乡村的人也失去他们的土地了。这种失落，在表面上看当然是无伤的，城里人有大楼可住，还能享受早晨或黄昏的一点点阳光；乡村人还能住建筑工地，夜夜还能野宴，可是它总好像缺少了什么。从大时代的角度来看，是失落整个时代的花园，甚至也失落了人生在心头里的花园。

"花园的失落"是这个时代一个共同的悲剧，不论在城市或乡村，几乎都无法避免。我告辞在野外吃晚餐的"都市农人"，走出长长的巷子，心里这样悲哀地想着：有一天恐怕连一个快乐野炊的地方都要找不到了。

散步去吃猪眼睛

不久前，在家附近的路上散步，发现转来转去的一条小巷尽头，新开张了一家灯火微明的小摊，那对摊主夫妇，就像我们在任何巷子任何小摊上见到的主人一样，中年发福的身躯，满满的善意微笑堆在胖盈盈的脸上，热情地招呼着往来过路的客人。

摊子上卖的食物也极平常，米粉汤、臭豆腐、担仔面、海带卤蛋猪头皮，甚至还有红露酒，以及米酒加保力达B，是那种随时随意小吃细酌的地方，我坐下来，叫了一些小菜一杯酒，才发现这个小摊子上还卖猪眼睛、猪肺、猪肝连——这三样东西让我很震惊，因为它们关联了我童年的一段记忆。

我便就着四十烛光的小灯，喝着米酒，吃着那几种平凡而卑微的小菜，想起小菜内埋藏的辛酸滋味。

童年的时候家住在偏远的乡下，家不远处有一个小小的市场，市场口不知道什么时候就成了个去吃点心夜宵的摊子，哥哥和我经常到市场口去玩，去看热闹，去看那些蹲踞在长板凳条上吃夜宵的乡人，我们总是咽着口水，站在远远的地方看着。对于经常吃番薯拌饭的乡下穷孩子，吃夜宵仿佛是一个相当遥远的梦想。有时候站得太近了，哥哥总会紧紧拉着我的手，匆匆从市场口离开。

林清玄
散文精选

后来，哥哥想了一个办法，每在星期假日就携着我的手到家后面的小溪摸蛤。那条宁静轻浅的小溪生产着数量丰富的蛤仔、泥鳅和鱼虾。我们找来一个旧畚箕，溯着溪流而上，一段一段地清理溪中的蛤仔，常常忙到太阳西下，就能摸到几斤重的蛤仔，我们把蛤仔批售给在市场里摆海鲜摊位的"蚵仔伯"，换来一些零散的角子，我们把那些钱全瞒着爸妈存在锯空的竹筒里。

秋天的时候，我们就爬到山上去捡蝉壳，透明的蝉壳粘挂在野生的相思树上，有时候挂得累累的像初生不久的葡萄；有时候我们也抓蜈蚣、蛤蟆，全部集中起来卖给街市里的中药铺，据说蝉壳、蜈蚣、蛤蟆都可以用来做中药，治那些患有皮肤病的人。

有时我们跑到更远的地方，去捡到处散置的破铜烂铁，以一斤五毛钱的价格卖给收旧货的摊子。

春天是我们收入最丰盛的时间，稻禾初长的时候，我们沿着田沟插竹枝，竹子上用钓钩钩住小青蛙，第二天清晨就去收那些被钩在竹枝上的田蛙，然后提到市场去叫卖；稻子长成收割了，我们则和一群孩童到稻田中拾穗仔，那些被农人遗落在田里的稻穗，是任何人都可以去捡拾的，还有专门收购这些稻穗的人。

甘蔗收成完了，我们就到蔗田捕田鼠，把田鼠卖给煮野味的小店，或者是灌香肠的贩子。后来我们有了一点钱，哥哥带我去买一张捕雀子的网，就挂在稻田的旁边，捕捉进网的小麻雀，运气好的话还可以捉到野斑鸠或失群的鸽子。

我们那些一点一滴的收入全变成角子，偷偷地放置在我们共有的竹筒里，竹筒的钱愈积愈多，我们时常摇动竹筒，听着银钱在里面喧哗的响声，高兴得夜里都难以入眠。

哥哥终于做了一个重大决定，说："我们到市场口去吃夜宵。"我们商量一阵，把日期定在布袋戏大侠一江山到市场口公演的那一天，

日子到的时候，我们剖开竹筒，铜板们像不能控制的潮水哗啦啦散了一地，差一点没有高声欢呼起来，哥哥捧着一堆铜板告诉我："这些钱我们可以吃很多夜宵了。"

我们各揣了一口袋的铜板到市场口，决定好好大吃一顿，挤在人丛里看大侠一江山，心却早就飞到卖小吃的地方了。

戏演完了，我们学着乡人的样子，把两只脚踩蹲在长条凳上，各叫一碗米粉汤，然后就不知道要吃什么才好，又舍不得花钱，憋了很久，哥哥才颤颤地问："什么肉是最便宜的？"胖胖的老板娘说："猪眼睛、猪肺、猪肝连都很便宜。"

"各来两块钱吧！"我和哥哥异口同声地说。

那天夜里我们吹着口哨回家——我们终于吃过夜宵了，虽然那要花掉我们一个月辛苦工作的成绩。猪眼睛、猪肺、猪肝连都是一般人不吃的东西，我们却觉得有说不出的美味，那种滋味恐怕也说不清楚，大概是我们吃着自己血汗付出的代价吧！

后来我们每当工作了一段时间，哥哥就会说："我们去吃猪眼睛吧！"我们就携着手走出家门前幽长的巷子，有很好的兴致在乡道上散步，我们会停下来看光辉闪照的月亮，会充满喜乐地辨认北极星的方位，觉得人生的一切真是美好，连噪呱的蛙鸣都好听——没有特别的原因，只是因为我们要散步去吃猪眼睛。

有一次我们存了一点钱，就想到戏院里看正在上映的电影，看电影对我们也是一种奢侈，平常我们都是去捡戏尾仔，或者在戏院门口央求大人带我们进去，这一次我们终于可以用自己赚来的钱去看电影了。

到电影院门口，我们才知道看一场电影竟要一块半，而我们身上只有两块钱，哥哥买了一张票，说："你进去看吧，我在外面等你，你出来后再告诉我演些什么。"我说："哥，还是你进去看，你脑子

林　清　玄
散　文　精　选

好，出来再说故事给我听。"两人争执半天，我拗不过哥哥，进去看那场电影，演的是日本电影《黄金孔雀城》，那是个热闹的电影，可是我怎么也看不下去，只是惦记着坐在戏院外面台阶上的哥哥，想到为什么我们不能一起坐着看电影呢？

电影没看完我就跑出来，看到哥哥冷清的背影，支着肘不知在想什么事情，戏院外不知何时下起细雨来的，雨丝飘飘地淋在哥哥理光的头颅上。

"戏演完了？"哥哥看到我的时候说。

我摇摇头。

"这个戏怎么这样短，别人为什么都没有出来？"

我又摇摇头。

"演些什么？好不好看？"

我忍着一泡泪，再摇摇头。

"你怎么搞的嘛？戏到底演些什么？"哥哥着急地询问着。

"哥哥……"我忍不住号啕大哭起来，一句话也说不清楚。我们就相拥着在戏院门口的微雨中哭泣起来，哭了半天，哥哥说："下次不要再花钱看电影了，还是去吃猪眼睛好。"我们就在雨里散步走回家，路过市场口，都禁不住停下来看着那个卖猪眼睛的摊子。

经过这么多年，我完全记不得第一次自己花钱看的电影演些什么，然而哥哥穿着小学卡其制服，理得光光的头颅，淋着雨冷清清的背影却永不能忘，愈是冲刷愈有光泽。

自从发现住家附近有了卖猪眼睛的摊子，我就时常带着妻子去吃猪眼睛，并和她一起回忆我那虽然辛苦却色泽丰富的童年，我们时常无言地散步，沿着幽暗的巷子走到尽头去吃猪眼睛，仿佛一口口吃着自己的童年。

每当我工作辛苦，感到无法排遣的时候，就在散步去吃猪眼睛的

看到人们貌似简单，事实上不易的生活动作时，我觉得每一个人都值得给予最大的敬意，努力生活的人们都是可敬佩的。他们不用言语，而以动作表达了对生命的承担。

承担，是生命里最美的东西！

路上，我会想起在溪流中、在山林上、在稻田里的我最初的劳动，并且想起我敬爱的哥哥童年时代坐在戏院门口等我的背影。这些旧事使我充满了力量，觉得人生大致上还是美好的，即使猪眼睛也有说不出的美味。

林妈妈水饺

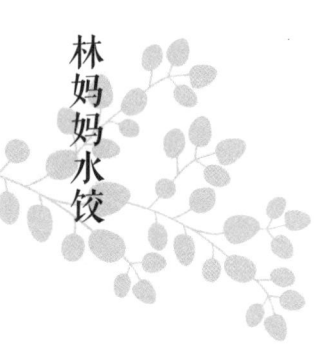

市场里有个小摊,叫作"林妈妈水饺",做的饺子好吃是附近有名的。

我走过饺子摊的时候都会去买一些饺子回家,二十个一盒的饺子卖三十五元,三盒一百元,有时候就站在那里,欣赏林妈妈与她的先生包饺子,他们的动作十分利落,看起来就像表演艺术一样,一盒饺子一分钟就包好了。

林先生与林妈妈的气质都很好,他们的书卷气看起来一点都不像是在市场包饺子的小贩,他们的人与摊子永远都那样洁净,简直可以用一尘不染来形容。

他们时常带着微笑,一人坐一边,两人包饺子的速度一模一样,包出来的饺子也一模一样,由于饺子好吃,生意好得不得了,常要等一二十分钟才能买到饺子,因此在摊子旁边总是围满等待饺子的人,大家都很安静,仿佛看他们包饺子是享受一般。

但是他们不是天天在固定的地方摆摊,只有星期一、三、六的黄昏才到这里来,有一次我忍不住问:"为什么不天天来呢?"

健谈的林先生立刻接口说:"因为我们在四个不同的地方摆摊子哩!饺子可以买回家冷冻,很少人会天天买饺子,通常两天买一次就

很多了。"

买饺子的时候，我站在旁边等待，有时就和林先生、林妈妈聊起来，才知道他们原来不是路边的摊贩，林先生做了很多年的杂货批发生意，从大盘商那里批货，送到各地的杂货店去，由于守信尽责，生意做得很不错，但在五六年前做不下去了。

"生意为什么做不下去呢？"

林先生感慨地说："到处都开起超级市场，他们都是直接进货，根本不需要中盘的批发。再加上连锁经营的超级商店愈来愈多，统一、味全、义美、新东阳到处都是，连一般的小杂货店都收了，何况是批发，不知道要批给谁呀！"

他不得已把批发的事业收了，接下来失业好几个月，正好遇到一位朋友是在路边摆摊卖饺子，劝他何不摆个水饺摊。夫妻两个从头学习包水饺，他说："包水饺不是简单的事，我研究了很久才出来摆摊子，像配料、作料、馅料都要加得恰到好处，这样才能维持品质，我们摆摊子的人靠的是口碑和信用，慢慢地就做起来了。"

像现在，"林妈妈水饺"的口碑和信用都做起来了，他在四个地方摆摊子，每个地方都要排队等待才能买到。

"生意这么好，一天可以包多少个饺子呢？"

"每天包的饺子在一万到一万五千粒之间。"林先生说。

旁边站着的人一阵哗然，他们的饺子一粒一块六毛五，有人算了一下，一天可以卖出一万六千元到二万四千元之间，一个月的盈收超过四十万。

"真是不得了，比上班好太多了！"旁边的一位主妇忍不住叫起来。

"对呀！早知道包饺子生意这么好，我早就不做食品批发，来卖饺子了。"林先生风趣地说，但是他立刻更正说，"不过，卖饺子也真的很辛苦，在家里的时间都在忙配料，出来摆摊的时候，一坐就是一整天，每一粒饺子都是辛苦捏出来的，不像上班，偶尔还可以休息、偷懒一下。"

　　林先生真实的说法，令我也感到吃惊，没想到占地不到半坪的一张桌子，一天可以制造一万粒以上的饺子，也没有想到摆摊子一个月有数十万的收入。不禁想起老辈时常说的："要做牛，免惊无牛可拖"，一个人只要勤劳、肯用心，天确实没有绝人之路，不仅不会绝人，还会让人在绝境中开展出新的天地。

　　台湾的经济奇迹，是由一些平凡的老百姓勤劳与用心而建造起来的。隐没在我们生活四周的许多"排骨大王"、"豆浆大王"、"臭豆腐大王"等各种大王，也像是林妈妈水饺一样，是一个一个在平凡中捏塑出来的，说不定哪一天，"林妈妈水饺"就会变成"林妈妈水饺大王"了。

　　我们不必欣羡小小的饺子摊可以带来那么高的收入，因为只要一个人守本分，肯勤劳用心于生活，都可能创造类似的奇迹，就像林先生说的："我觉得咱生在台湾的人真好，只要肯做，就赚得到钱，这世界上有太多地方，即使你肯做，也不一定赚得到钱！"

　　买好水饺，我沿着市场泥泞的小巷走回家，看到更多我认识的乡亲，有的是从阳明山载菜来卖的，有的是从宜兰开车来卖海梨柑，有的是坪林挑菜来卖的小农，有的声嘶力竭地卖着自己种的柳丁，他们都那样认命无怨地在生活。在黄昏的市集散去之后，他们都会回到温暖的家，准备着明天生活的再出发，看着他们脸上坚强的表情，与生活的风霜拼斗，不禁令我感动起来。

　　我们在人世里扮演不同的角色，那是由于各有不同的机缘，因此我们应该安于自己的角色，长存感谢的心，像我认识的市场小贩，有大部分都是慈济功德会的会员，他们以行善布施来表达他们内心的

感恩。

夜里，煮着林妈妈饺子，感觉到有一种特别的温暖，是呀！在流转的人间，我们要互相爱护，互相尊重、互相崇敬，因为每一个人都不可轻侮，各有尊严的生命。

林边莲雾

到南部演讲，一位计程车司机来看我，送我一袋莲雾。他说："这莲雾不同于一般莲雾，你一定会喜欢的。""这莲雾有什么不同吗？"我把莲雾拿起来端详，发现它的个儿比一般的莲雾小一点，颜色较深，有些接近枣红。"这是林边的莲雾，是我家乡的莲雾呀！"他说。"林边不是生产海鲜吗？什么时候也出产莲雾呢？"我看着眼前这位出生于海边，而在城市里谋生的青年，他还带着极强的纯朴勇毅的乡村气息。青年告诉我，林边的海鲜很有名，但它的莲雾也很有名，只可惜产量少，只有下港人才知道，不太可能运送到北部。加上林边莲雾长得貌不起眼，黑黑小小的，如果不知味的人，也不会知道它的珍贵。

来自林边的青年拿起一个他家乡的莲雾，在胸前衬衫上来回擦了几下，莲雾的光泽便显露出来，然后他递给我叫我当场吃下。

"要不要洗一下？"我说。

"免啦，海边莲雾很少洒农药。"

我们便在南方旅店里吃起林边莲雾了，果然，这莲雾与一般的不同，它结实香脆、水分较少，比一般莲雾甜得多，一点也吃不出来是种在海边的咸地上。我把吃莲雾的感想告诉了青年，他非常开心地笑

起来，说："我就知道你会喜欢，今天我出门要来听你的演讲，对我太太说想送一袋莲雾给你，她还骂我神经，说：'莲雾也不是什么贵重的东西！'我就说了：'心意是最贵重的，这一点林先生一定会懂！'"

我听了，心弦被震了一下，我说："即使不是林边莲雾，我也会喜欢的。"

"那可不同，其他莲雾怎么可以和林边的相比！"他理直气壮地说道。

我也学他的样子，拿一个莲雾在胸前搓搓，就请他吃了。我们两人就那样大嚼林边莲雾，甚至忘记这是他带来的礼物，或是我在请他吃。

话题还是林边莲雾，我说："很奇怪，林边靠着海岸，怎么可能生出这样好吃的莲雾？"

"因为林边的地是咸的，海风也是咸的，莲雾树吸收了这些盐分，所以就特别香甜了。"他说。

"既然吸收的是盐分，怎么会变成香甜呢？"

"它是一种转化呀！海边水果都有这种能力，像种在海岸的西瓜、香瓜、番茄，都比别地方香甜，只可惜长得不够大，不被重视。也可以说是一种对比，就像我们吃水果，再不甜的水果只要蘸盐吃，感觉也会甜一些。"这一段话真是听得我目瞪口呆，从盐分变成香甜感觉上是那样的自然。

看我有点发怔，青年说："这很容易懂的，就像如果我们拿糖做肥料，种出来的不一定甜。前一阵子不是有些农人在西瓜藤上打糖精吗？那打了糖精的西瓜说多难吃，就有多难吃！"

在那一刻，我感觉眼前的林边青年，就是一位哲学家。后来，他告辞了，我独自坐在旅舍里看着窗外黯淡的大地，吃枣红色的林边莲

林 清 玄
散 文 精 选

雾，感受到一种难以言说的滋味，感念这青年开老远的车，送我如此珍贵的礼物，也感念他给我的深刻启发。

在生命里确实是这样的，有时我们是站在咸地上，有时还会被咸风吹拂，这是无可如何的景况，不过，如果我们懂得转化、对比，在逆境中或者可以开出更香脆甜美的果实。

这样想来，林边莲雾是值得欢喜赞叹的，它有深刻的生命力，因而我吃它的时候，也不禁有庄严的心情。

清雅食谱

有时候生活清淡到自己都吃惊起来了。

尤其对食物的欲望差不多完全超脱出来，面对别人都认为是很好的食物，一点也不感到动心。反而在大街小巷里自己发现一些毫不起眼的东西，有惊艳的感觉，并慢慢品味出一种哲学，正如我常说的，好东西不一定贵，平淡的东西也自有滋味。

在台北四维路一条阴暗的巷子里，有好几家山东老乡开的馒头铺子，说是铺子是由于它实在够小，往往老板就是掌柜，也是蒸馒头的人。这些馒头铺子，早午各开笼一次，开笼的时候水汽弥漫，一些嗜吃馒头的老乡早就排队等在外面了。

热腾腾、有劲道的山东大馒头，一个才五块钱，那刚从笼屉里被老板的大手抓出来的馒头，有一种传统乡野的香气，非常的美味，也非常之结实，寻常一般人一餐也吃不了这样一个馒头。我是把馒头当点心吃的，那纯朴的麦香令人回味，有时走很远的路，只是去买一个馒头。

这巷子里的馒头大概是台北最好的馒头了，只可惜被人遗忘。有的馒头店兼卖素油饼，大大的一张，可蒸、可煎、可烤，和稀饭吃时，真是人间美味。

林清玄
散文精选

说到油饼,在顶好市场后面,有一家卖饺子的北平馆,出名的是"手抓饼",那饼烤出来时用篮子盛着,饼是整个挑松的,又绵又香,用手一把一把抓着吃。我偶尔路过,就买两张饼回家,边喝水仙茶,抓着饼吃,如果遇到下雨的日子,就更觉得那抓饼有难言的滋味,仿佛是雨中青翠生出的嫩芽一样。

说到水仙茶,是在信义路的路摊寻到的,对于喝惯了茉莉香片的人,水仙茶更是往上拔高,如同坐在山顶上听瀑,水仙入茶而不失其味,犹保有洁白清香的气质,没喝过的人真是难以想象。

水仙茶是好,有一个朋友做的冻顶豆腐更好。他以上好的冻顶乌龙茶清焖硬豆腐,到豆腐成金黄色时捞起来,切成一方一方,用白瓷盘装着,吃时配着咸酥花生,品尝这样的豆腐,坐在大楼里就像坐在野草地上,有清冽之香。

有时食物也能像绘画中的扇面,或文章里的小品,音乐里的小提琴独奏,格局虽小,慧心却十分充盈。冻顶豆腐是如此,在南门市场有一家南北货行卖的"桂花酱"也是如此,那桂花酱用一只拇指大的小瓶装着,真是小得不可思议,但一打开桂花香猛然自瓶中醒来,细细的桂花瓣还像活着,只是在宝瓶里睡着了。

桂花酱可以加在任何饮料或茶水里,加的时候以竹签挑出一滴,一杯水就全被香味所濡染,像秋天庭院中桂花盛放时,空气都流满花香。我只知道桂花酱中有蜜、有梅子、有桂花,却不知如何做成,问到老板,他笑而不答。"莫非是祖传的秘方吗?"心里起了这样的念头,却也不想细问了。

桂花酱如果是工笔,"决明子"就是写意了。在仁爱路上有时会遇到一位老先生卖"决明子",挑两个大篮用白布覆着,前一篮写"决明子",后一篮写"中国咖啡"。卖的时候用一只长长的木勺,颇有古意。

听说"决明子"是山上的草本灌木，子熟了以后热炒，冲泡有明目滋肾的功效，不过我买决明子只是喜欢老先生买卖的方式。并且使我想起幼年时代在山上采决明子的情景，在台湾乡下，决明子唤作"米仔茶"，夏夜喝的时候总是配着满天的萤火入喉。

对于能想出一些奇特的方法做出清雅食物的人，我总感到佩服，在师大路巷子里有一家卖酸酪的店，老板告诉我，他从前实验做酸酪时，为了使乳酪发酵，把乳酪放在锅中，用棉被裹着，夜里还抱着睡觉，后来他才找出做酸酪最好的温度与时间。他现在当然不用棉被了，不过他做的酸酪又白又细真像棉花一般，入口成泉，若不是早年抱棉被，恐怕没有这种火候。

那优美的酸酪要配什么呢？八德路一家医院餐厅里卖的全黑麦面包，或是绝配。那黑麦面包不像别的面包是干透的，里面含着一些有浓香的水分，有一次问了厨子，才知道是以黑麦和麦芽做成，麦芽是有水分的，才使那里的黑麦面包一枝独秀，想出加麦芽的厨子，胸中自有一株麦芽。

食物原是如此，人总是选着自己的喜好，这喜好往往与自己的性格和本质十分接近，所以从一个人的食物可以看出他的人格。

但也不尽然，在通化街巷里有一个小摊，摆两个大缸，右边一缸卖"蜜茶"，左边一缸卖"苦茶"，蜜茶是甜到了顶，苦茶是苦到了底，有人爱甜，却又有人爱那样的苦。

"还有一种人，他先喝一杯苦茶，再喝一杯蜜茶，两种都要尝尝。"老板说，不过他也笑了，"可就没看过先喝蜜茶再喝苦茶的人，可见世人都爱先苦后甘，不喜欢先甘后苦吧！"

后来，我成了第一个先喝蜜茶，再喝苦茶的人，老板着急地问我感想如何？"喝苦茶时，特别能回味蜜茶的滋味。"我说，我们两人都大笑起来。旁边围观的人都为我欢欣地鼓掌。

抹茶的美学

日本朋友坚持要带我去喝日本茶，我说："我想，中国茶大概比日本茶高明一些，我看不用去了。"

他对我笑一笑，说："那是不同的，我在台北喝过你们的工夫茶，味道和过程都是上品，但它在形式上和日本的不同。而且喝茶在台北是独立的东西，在日本不是，茶的美学渗透到日本所有的视觉文化，包括建筑和自然的欣赏。不喝茶，你永远不能知道日本。"

我随着日本朋友在东京的大街小巷中穿梭，要去找喝茶的地方，一路上我都在想，在日本逗留了一些时日，喝到的日本茶无非是清茶或麦茶，能高明到哪里去呢？正沉思间，我们似乎走到了一个茅屋的"山门"，是用木头与草搭成的，非常的简单朴素，朋友说我们喝茶的地方到了。这喝茶的处所日语读作 sukiya，翻成中文叫"茶室"，对西方人来讲就复杂一些，英文把它翻成 Abode of Fancy（幻想之居）、Abode of Vacancy（空之居），或者 Abode of Unsymmetrical（不称之居），光看这几个字，让我赫然觉得这茶室不是简单的地方。

果然，进到山门之后，视觉一宽，看到一个不大不小的庭园，零落地铺着石块大小不一，石与石间生长着短捷而青翠的小草，几株及人高的绿树也不规则地错落有致。走进这样的园子，人仿佛走进了一

个清净细致的世界，远远处，好像还有极细极清的水声在响。

日本的园林虽小，可是在那样小的空间所创造的清净之力是非常惊人的，几乎使任何高声谈笑的人都要突然失声不敢喧哗。

我们也不禁沉默起来，好像怕吵醒铺在地上的青石一样的心情。

茶室的人迎迓我们，送入一个小小玄关式的回廊等候，这时距离茶室还有一条花径，石块四边开着细碎微不可辨的花。朋友告诉我，他们进去准备茶和茶具，我们可以先在这里放松心情。

他说："你别小看了这茶室，通常盖一间好的茶室所花费的金钱和心血胜过一个大楼。"

"为什么呢？"

"因为，盖茶室的木匠往往是最好的木匠，他对材料的挑选，和手工的精细都必须达到完美的地步，而且他必须是个艺术家，对整体的美有好的认识。以茶室来说，所有的色彩和设计都不应该重复，如果有一盆真花，就不能有画花的画，如果用黑釉的杯子，就不能放在黑色的漆盘上；甚至做每根柱子都不能使它单调，要利用视觉的诱引，使人沉静而不失乐趣；或者一个花瓶摆着也是学问，通常不应该摆在中央，使对等空间失去变化……"

正说的时候有人来请去喝茶，我们步过花径到了真正的茶室。房门约五尺，屋檐处有一架子，所有正常高度的成人都要低头弯腰而入室，以对茶道表示恭敬。那屋外的架子是给客人放下所携的东西，如皮包、雨伞、相机之类，据说往昔是给武士解剑放置之处；在传统上，茶室是和平之地，是放松歇息的地方，什么东西都应放下，西方人叫它"空之居""幻想之居"是颇有道理的。

茶室里除了地上的炉子，烬上的铁壶，一支夹炭的火钳，一幅简单的东洋画，一瓶弯折奇逸的插花外，空无一物。而屋子里的干净，好像主人在三分钟前连扫了十遍一样，简直找不到一粒灰——初到东

林 清 玄
散 文 精 选

京的人难以明白为什么这样的大城能维持干净,如果看到这间茶室就马上明了,爱干净几乎是成为一个日本人最基本的条件。而日本传统似乎也偏向视觉美的讲求,像插花、能剧、园林,甚至文学到日本料理几乎全讲究精确的视觉美,所以也只好干净了。

茶娘把开水倒入一个灰白色的粗糙大碗里,用一根棒子搅拌,碗里浮起了春天里松针一样翠的绿色来,上面则浮着细细的泡沫,等到温度宜于入口时她才端给我们。朋友说,这就是"抹茶"了,喝时要两手捧碗,端坐庄严,心情要如在庙里烧香,是严肃的,也是放松的。和中国茶不同的是,它一次要喝一大口,然后向泡茶的人赞美。

我饮了一口,细细地用味蕾品着抹茶,发现这神奇的翠绿汁液苦而清凉,有若薄荷,似有令人清冽的力量,和中国茶之芳香有劲大为不同。

"饮抹茶,一屋不能超过四个人,否则就不清净。"朋友说,"过去,茶道定下的规矩有上百种,如何倒茶、如何插花、如何拿勺子、拿茶箱、茶碗都有规定,不是专业的人是搞不清楚的,因此在京都有'抹茶大学'专门训练茶道人才,训练出来的人几乎都是艺术家了。"我听了有些吃惊,光是泡这种茶就有大学训练,要算是天下奇闻了。

日本人都知道,"抹茶"是中国的东西,在唐朝时候传进日本,在唐朝以前我们的祖先喝茶就是这种搅拌式的"抹茶",而且用的是大碗,直到元朝蒙古人入侵后才放弃这种方式,反倒在日本被保存了下来。如今日本茶道的方法基本上来自中国,只是因时日既久融成为日本传统,完全转变为日本文化的习性。

现在我们的茶艺以喝工夫茶为主,回过头来看日本茶道更觉得趣味盎然。但不论中日的茶道,讲的都是平静和自然的趣味,日本茶道的规模是十六世纪时茶道宗师千利休所创,曾有人问他茶道有否神秘之处。他说:

"把炭放进炉子，等水开到适当程度，加上茶叶使其产生适当的味道。按照花的生长情形，把花插到瓶子里，在夏天时使人想到凉爽；冬天使人想到温暖。除此之外，茶一无所有，没有别的秘密。"

这不正是我们中国人的"平常心是道"吗？只是千利休可能想不到，后来日本竟发展出一百种以上的规矩来。

在日本的茶道里，大部分的传说都是和古老中国有关的，最先的传说是说在西元前五世纪时，老子的一位信徒发现了茶，在函谷关口第一次奉茶给老子，把茶想成是"长生不老药"。

普遍为日本人熟知的传说，是禅宗初祖达摩从天竺东来后，为了寻找无上正觉，在少林寺面壁九年，由于疲劳过度，眼睛张不开，索性把眼皮撕下来丢在地上，不久，在达摩丢弃眼皮的地方长出了一棵叶子又绿又亮的矮树。达摩的弟子便拿这矮树的叶子来冲水，产生一种神秘的魔药，使他们坐禅的时候可以常保觉醒状态，这就是茶的最初。

这真是个动人的传说，虽然无稽却有趣味，中国佛教禅宗何等大能，哪里需要借助茶的提神才能寻找无上的正觉呢？但是它也使得日本的茶道和禅有极为深厚的关系，过去，日本伟大的茶师都是修习禅宗的，并且以禅宗的精神用到实际生活形成茶道——就是自然的、山林的、野趣的、宁静的、纯净的、平常的精神。

另外一个例子可以反映这种精神，像日本茶室大小通常是四席半大，这个大小是受到维摩经的一段话影响而决定的；维摩经记载，维摩诘居士曾在同样大的地方接待文殊师利菩萨和八万四千个佛弟子，它说明了对于真正悟道的人，空间的限制是不存在的。

我的日本朋友说："日本茶道走到最后有两个要素，一是个微锈、一个是朴拙，都深深影响了日本的美学观，日本的金器、银器、陶器、漆器，甚至大到庭园、建筑都追求这样的趣味。说到日本传统的事物，好像从来没有追求明亮光灿的东西,唯一的例外,大概是武士的刀锋吧!"

日本美学追求到最后,是精密而分化,像京都最有名的苔寺"西方寺",在五千三百七十坪面积上,竟种满了一百二十种青苔,其变化之繁复,差别之细腻,真是达到了人类视觉感官的极致 ——细想起来,那一百二十种青苔的变化,不正是抹茶上翡翠色泡沫的放大照片吗?

我们坐在"茶室"里享受着深深的安静,想到文化的变迁与流转,说不定我们捧碗而饮的正是唐朝。不管它是日本的,或中国的,它确乎能使人有优美的感动,甚至能听到花径青石上响过来的足声,好像来自遥远的海边,而来的那人羽扇纶巾、青衫蓝带,正是盛唐衣袂飘飘的文士 ——呀!我竟为自己这样美的想象而惊醒过来,而我的朋友双眼深闭,仿佛入定。

静到什么地步呢?静到阳光穿纸而入都像听到沙沙之声。

我们离开的时候才发觉整整坐了四个小时,四小时只是一瞬,只是达摩祖师眼皮上长出千千亿亿叶子中的一片罢了。

茶香一叶

在坪林乡,春茶刚刚收成结束,茶农忙碌的脸上才展开了笑容,陪我们坐在庭前喝茶,他把那还带着新焙炉火气味的茶叶放到壶里,冲出来一股新鲜的春气,溢满了一整座才刷新不久的客厅。

茶农说:"你早一个月来的话,整个坪林乡人谈的都是茶,想的也都是茶,到一个人家里总会问采收得怎样?今年烘焙得如何?茶炒出来的样色好不好?茶价好还是坏?甚至谈天气也是因为与采茶有关才谈它,直到春茶全采完了,才能谈一点茶以外的事。"听他这样说,我们都忍不住笑了,好像他好不容易从茶的影子走了出来,终于能做一些与茶无关的事情,好险!

慢慢地,他谈得兴起,把一斤三千元的茶也拿出来泡了,边倒茶边说:"你别小看这一斤三千元的茶,是比赛得奖的,同样的品质,在台北的茶店可能就是八千元的价格。在我们坪林,一两五十元的茶算是好茶了,可是在台北一两五十元的茶里还掺有许多茶梗子。"

"一般农民看我们种茶的茶价那么高,喝起茶来又是慢条斯理,觉得茶农的生活满悠闲的,其实不然,我们忙起来的时候比任何农民都要忙。"

"忙到什么情况呢?"我问他。

他说，茶叶在春天的生长是很快的，今天要采的茶叶不能留到明天，因为今天还是嫩叶，明天就是粗叶子，价钱相差几十倍，所以赶清晨出去一定是采到黄昏才回家，回到家以后，茶叶又不能放，一放那新鲜的气息就没有了，因而必须连夜烘焙，往往工作到天亮，天亮的时候又赶着去采昨夜萌发出来的新芽。

而且这种忙碌的工作是全家总动员，不分男女老少。在茶乡里，往往一个孩子七、八岁时就懂得采茶和炒茶了，一到春茶盛产的时节，茶乡里所有孩子全在家帮忙采茶炒茶，学校几乎停课，他们把这一连串为茶忙碌的日子叫"茶假"——但孩子放茶假的时候，比起日常在学校还要忙碌得多。

主人为我们倒了他亲手种植和烘焙的茶，一时之间，茶香四溢。文山包种茶比起乌龙还带着一点溪水清澈的气息，乌龙这些年被宠得有点像贵族了，文山包种则还带着乡下平民那种天真纯朴的亲切与风味。

主人为我们说了一则今年采茶时发生的故事。他由于白天忙着采茶、分茶，夜里还要炒茶，忙到几天几夜都不睡觉，连吃饭都没有时间，添一碗饭在炒茶的炉子前随便扒扒就解决了一餐，不眠不休的工作只希望今年能采个好价钱。

"有一天采茶回来，马上炒茶，晚餐的时候自己添碗饭吃着，扒了一口，就睡着了，饭碗落在地上打破都不知道，人就躺在饭粒上面，隔一段时间梦见茶炒焦了，惊醒过来，才发现嘴里还含着一口饭，一嚼发现味道不对，原来饭在口里发酵了，带着米酒的香气。"主人说着说着就笑起来了，我却听到了笑声背后的一些心酸。人忙碌到这种情况，真是难以想象，抬头看窗外那一畦畦夹在树林山坡间的茶园，即使现在茶采完了，还时而看见茶农在园中工作的身影，在我们面前摆在壶中的茶叶原来不是轻易得来。

主人又换了一泡新茶，他说："刚喝的是生茶，现在我泡的是三分仔（即炒到三分的熟茶），你试试看。"然后他从壶中倒出了黄金一样色泽的茶汁来，比生茶更有一种古朴的气息。他说："做茶的有一句话，说是'南有冻顶乌龙，北有文山包种'，其实，冻顶乌龙和文山包种各有各的胜场，乌龙较浓，包种较清，乌龙较香，包种较甜，都是台湾之宝，可惜大家只熟悉冻顶乌龙，对文山的包种茶反而陌生，这是很不公平的事。"

对于不公平的事，主人似有许多感慨，他的家在坪林乡山上的渔光村，从坪林要步行两个小时才到，遗世而独立地生活着，除了种茶，闲来也种一些香菇，他住的地方在海拔八百千米高的地方，为什么选择住这样高的山上？"那是因为茶和香菇在越高的地方长得越好。"

即使在这么高的地方，近年来也常有人造访，主人带着乡下传统的习惯，凡是有客人来总是亲切招待，请喝茶请吃饭，临走还送一点自种的茶叶。他说："可是有一次来了两个人，我们想招待吃饭，忙着到厨房做菜，过一下子出来，发现客厅的东西被偷走了一大堆，真是令人伤心哪！人在这时比狗还不如，你喂狗吃饭，它至少不会咬你。"

主人家居不远的地方，有北势溪环绕，山下有一个秀丽的大舌湖，假日时候常有青年到这里露营，青年人所到之处，总是垃圾满地，鱼虾死灭，草树被践踏，然后他们拍拍屁股走了，把苦果留给当地居民去尝。他说："二十年前，我也做过青年，可是我们那时的青年好像不是这样的，现在的青年几乎都是不知爱惜大地的，看他们毒鱼的那种手段，真是令人毛骨悚然，这里面有许多还是大学生。只要有青年来露营，山上人家养的鸡就常常失踪，有一次，全村的人生气了，茶也不采了，活也不做了，等着抓偷鸡的人，最后抓到了，是一个大学生，村人叫他赔一只鸡一万块，他还理直气壮地问：天下哪有这么贵的鸡？我告诉他说：一只鸡是不贵，可是为了抓你，每个人本来可以

043

林 清 玄
散 文 精 选

采一千五百元茶叶的，都放弃了，为了抓你，我们已经损失好几万了。

这一段话，说得在座的几个茶农都大笑起来。另一个老的茶农接着说："像义一区是台北市的水源地，有许多台北人就怪我们把水源弄脏了，其实不是，我们更需要干净的水源，保护都来不及，怎么舍得弄脏？把水源弄脏的是台北人自己，每星期有五十万个台北人到坪林来，人回去了，却把五十万人份的垃圾留在坪林。"

在山上茶农的眼中，台北人是骄横的、自私的、不友善的、任意破坏山林与溪河的一种动物，有一位茶农说得最幽默："你看台北人自己把台北搞成什么样子，我每次去，差一点窒息回来！一想到我们辛辛苦苦种出来的最好的茶要给这样的人喝，心里就不舒服。"

谈话的时候，他们几乎忘记了我是台北来客，纷纷对这个城市抱怨起来。在我们自己看来，台北城市的道德、伦理、精神只是出了问题；但在乡人的眼中，这个城市的道德、伦理、精神是几年前早就崩溃了。

主人看看天色，估计我们下山的时间，泡了今春他自己烘焙出来最满意的茶，那茶还有今年春天清凉的山上气息，掀开壶盖，看到原来卷缩的茶叶都伸展开来，感到一种莫名的欢喜，心里想着，这是一座茶乡里一个平凡茶农的家，我们为了品早春的新茶，老远跑来，却得到了许多新的教育，原来就是一片茶叶，它的来历也是不凡的，就如同它的香气一样是不可估量的。

从山上回来，我每次冲泡带回来的茶叶，眼前仿佛浮起茶农扒一口饭睡着的样子，想着他口中发酵的一口饭，说给朋友听，他们一口咬定："吹牛的，不相信他们可能忙到那样，饭含在口里怎么可能发酵呢？"我说："如果饭没有在口里发酵，哪里编得出来这样的故事呢？"朋友哑口无言。然后我就在喝茶时反省地自问：为什么我信任只见过一面的茶农，反而超过我相交多年的朋友呢？疑问就在鼻息里化成一股清气，在身边围绕着。

油面摊子

家附近有一担卖油面的小摊子,我平常并不太注意,有一回带孩子散步路过,看到生意极好,所有的椅子都坐满了人。

我和孩子驻足围观,这时见到卖面的小贩,把油面放进烫面用的竹捞子里,一把塞一个,刹那之间就塞了十几把,然后他把叠成长串的竹捞子放进锅里烫。

接着,他以迅雷不及掩耳的速度,将十几个碗一字排开,放佐料、盐、味素等等,很快地捞面、加汤,十多碗面煮好的过程还不到五分钟,我和孩子都看呆了。更令人赞叹的是,那个煮面的老板还边煮边与顾客聊着闲天。

在我们从面摊离开的时候,孩子突然抬起头来说:"爸爸,我猜如果你和卖面的老板比赛卖面,你一定输!"

对于孩子突如其来的谈话,我感到莞尔,并且立即坦然承认,我一定输给卖面的人。我说:"不只会输,而且会输得很惨,这个世界上能赢过卖面老板的人大概也没有几个。"

后来我和孩子谈起了,他的爸爸在这世界上是输给很多人的。

接下来的几天,就玩着游戏一样,我带着孩子到处去看工作中的人,我们在对角的豆浆店看伙计揉面粉做油条,看油条在锅中胀大而充满神奇的美感，我对孩子说："爸爸比不上炸油条的人。"

我们到街角的饺子店，看一位山东老乡包饺子，他包饺子就如同变魔术一样，动作轻快，双手一捏，个个饺子大小如一、煮出来晶莹剔透，我对孩子说："爸爸比不上包饺子的人。"

我们在市场边看见一个削梨子与芭乐的小贩，他把水果削好切片，包成一袋一袋准备推到戏院去卖，他削水果时，刀子如同自手中长出，动作又利落、又优美，我对孩子说："爸爸比不上削水果的人。"

就在我们生活四周，到处都是我比不上的人，这些市井小人物，他们过着单纯的生活，对生命有着信心与希望，他们的手艺固然简单，却非数十年的锻炼不能得致。

当我们放眼这个世界的时候，如果以自我为中心，很可能会以为自己是顶尖人物，一旦我们把狂心歇息下来，用赤子之心来观照，就会发现自己是多渺小，在人群之中，若没有整个市井的护持，我们连吃一套烧饼油条都成问题呀！这是为什么连圣贤都感叹地说"吾不如老农，吾不如老圃"的缘故，我们什么时候能看清自己不如人的地方，那就是对生命有真正信心的时候。

看到人们貌似简单，事实上不易的生活动作时，我觉得每一个人都值得给予最大的敬意，努力生活的人们都是可敬佩的。他们不用言语，而以动作表达了对生命的承担。

承担，是生命里最美的东西！

我时常想，我们既然生而为人，不是草木虫鱼，就要承担，安然接受人生可能发生的一切，除了安然地面对，还能保持觉性，就是菩提了。一般人缺少的正是觉悟的菩提罢了。

在古印度人传统的观念里，认为只要是两条河交汇的地方一定是圣地，这是千年智慧累积所得到的结论。假如我们把这个观念提炼出来，人生何尝不是如此，在人与人相会面的那一刻，如果都有很好的

心来相印，互相对流，当下自己的心就是圣地了。

油面摊子是圣地，豆浆店是圣地，饺子馆是圣地，水果摊是圣地……到处都是圣地，只看我们有没有足够神圣的心来对应这些人、这些地方。当然，在我们以神圣的心面对世界时，自己就有了承担，也就成为值得敬佩的人之一。

我带着孩子观察了许多人以后，孩子感到疑惑，他问："爸爸，那么你有什么可以比得上别人呢？"

我说："如果比写文章，爸爸可能会比得上那卖油面的老板吧！"

孩子说："也不会，油面老板几分钟就煮好十几碗面，爸爸要很久才写完一篇文章！"父子俩相对大笑，是呀！这世界有什么东西可以相比，有什么人可以相比呢？事实上，所有的比较都是一种执著！

温一壶月光下酒

家家有明月清风

到台北近郊登山，在陡峭的石阶中途，看见一个不锈钢桶放在石头上，外面用红漆写了两字"奉水"，桶耳上挂了两个塑胶茶杯，一红一绿。在炎热的天气里喝了清凉的水，让人在清凉里感觉到人的温情，这桶水是由某一个居住在这城市里陌生的人所提供的，他是每天清晨太阳未升起时就抬这么重的一桶水来，那细致的用心是颇能体会到的。

在烟尘滚滚的尘世，人人把时间看得非常重要，因为时间就是金钱，几乎到了没有人愿意为别人牺牲一点点时间的地步，即使是要好的朋友，如果没有重要的事情，也很难约集。但是当我在喝"奉水"的时候，想到有人在这上面花了时间与心思，牺牲自己的力气，就觉得在忙碌转动的世界，仍然有从容活着的人，他为自己的想法去实践某些奉献的真理，这就是"滔滔人世里，不受人惑的人"。

这使我想起童年住在乡村，在行人路过的路口，或者偏僻的荒村，都时常看到一只大茶壶，上面写着"奉茶"，有时还特别钉一个木架子把茶壶供奉起来。我每次路过"奉茶"，不管是不是口渴，总会灌一大杯凉茶，再继续前行，到现在我都记得喝茶的竹筒子，里面似乎还有竹林的清香。

林 清 玄
散 文 精 选

我稍稍懂事的时候，看到了"奉茶"，总会不自禁地想起乡下土地公庙的样子，感觉应该把放置"奉茶"者的心供奉起来，让人瞻仰，他们就是自己土地上的土地公，对土地与人民有一种无言无私之爱，这是"凡劳苦担重担的人，都到我这里来，我必使他得清凉"的胸怀。我想，有时候人活在这个人世，没有留下任何名姓也不是什么要紧的事，只要对生命与土地有过真正的关怀与付出，就算尽了人的责任。

很久没有看见"奉茶"了，因此在台北郊区看到"奉水"时竟低回良久，到底，不管是茶是水，在乡在城，其中都有人情的温热。山道边一杯微不足道的凉水，使我在爬山的道途中有了很好的心情，并且感觉到不是那么寂寞了。

到了山顶，没想到平台上也有一桶完全相同的钢桶，这时写的不是"奉水"，而是"奉茶"，两个塑胶茶杯，一黄一蓝，我倒了一杯来喝，发现茶是滚热的。于是我站在山顶俯视烟尘飞扬的大地，感觉那准备这两桶茶水的人简直是一位禅师了。在完全相同的桶里，一冷一热，一茶一水，连杯子都配得恰恰刚好，这里面到底是隐藏着怎么样的一颗心呢？

我一直认为不管时代如何改变，在时代里总会有一些卓然的人，就好像山林无论如何变化，在山林中总会有一些清越的鸟声一样。同样的，人人都会在时间里变化，最常见的变化是从充满诗情画意逍遥的心灵，变成平凡庸俗而无可奈何，从对人情时序的敏感，成为对一切事物无感。我们在股票号子里（这号子取名真好，有点像古代的厕所）看见许多瞪着广告牌的眼睛，那曾经是看云，看山、看水的眼睛；我们看签六合彩的双手，那曾经是写过情书与诗歌的手；我们看为钱财烦恼奔波的那双脚，那曾经是在海边与原野散过步的脚。我们的眼耳鼻舌身意看起来仍然是二十年前无异，可是在本质上，有时中夜照镜，已经完全看不出它们的联结，那理想主义的、追求完美的、

每一个毛孔都充满光彩的我,究竟何在呢?

清朝诗人张灿有一首短诗:"书画琴棋诗酒花,当年件件不离他;而今七事都更变,柴米油盐酱醋茶。"很能表达一般人在时空中流转的变化。从"书画琴棋诗酒花"到"柴米油盐酱醋茶",人的心灵必然是经过了一番极大的动荡与革命,只是凡人常不自觉自省,任庸俗转动罢了。其实,有伟大怀抱的人物也未能免俗,梁启超有一首《水调歌头》我特别喜欢,其后半阕是:"千金剑,万言策,两蹉跎。醉中呵壁自语,醒后一滂沱。不恨年华去也,只恐少年心事,强半为销磨。愿替众生病,稽首礼维摩。"我自己的心境很接近梁任公的这首词,人生的际遇不怕年华老去,怕的是少年心事的"销磨",到最后只有"醒后一滂沱"了。

在人生道路上,大部分有为的青年,都想为社会、为世界、为人类"奉茶",只可惜到后来大半的人都回到自己家里喝老人茶了。还有一些人,连喝老人茶自遣都没有兴致了,到中年还能有"奉茶"的心,是非常难得的。

有人问我,这个社会最缺的是什么东西?

我认为最缺的是两种,一是"从容",一是"有情"。这两种品质是大国民的品质,但由于我们缺少"从容",因此很难见到步履雍容、识见高远的人;因为缺少"有情"则很难看见乾坤朗朗、情趣盎然的人。

社会学家把社会分为青年社会、中年社会、老年社会,青年社会有的是"热情",老年社会有的是"从容"。我们正好是中年社会,有的是"务实",务实不是不好,但若没有从容的生活态度与有情的怀抱,务实到最后正好是柴米油盐酱醋茶,牺牲了书画琴棋诗酒花。一个彻底务实的人是麻木的俗人,一个只知道名利实务的社会,则是僵化的庸俗社会。

林清玄
散文精选

在《大珠禅师语录》里记载了禅师与一位讲华严经座主的对话，可以让我们看见有情与从容的心是多么重要。

座主问大珠慧海禅师："禅师信无情是佛否？"

大珠回答说："不信。若无情是佛者，活人应不如死人；死驴死狗，亦应胜于活人。经云：佛身者，即法身也，从戒定慧生，从三明六通生，从一切善法生。若说无情是佛者，大德如今便死，应作佛去。"

这说明禅的心是有情，而不是无知无感的，用到我们实际的人生也是如此，一个有情的人虽不能如无情者用那么多的时间来经营实利（因为情感是要付出时间的），可是一个人如果随着冷漠的环境而使自己的心也沉滞，则绝对不是人生之福。

人生的幸福在很多时候是得自于看起来无甚意义的事，例如某些对情爱与知友的缅怀，例如有人突然给了我们一杯清茶，例如在小路上突然听见了冰果店里传来一段喜欢的乐曲，例如在书上读到了一首动人的诗歌，例如听见桑间濮上的老妇说了一段充满启示的话语，例如偶然看见一朵酢浆花的开放……总的说来，人生的幸福来自于自我心扉的突然洞开，有如在阴云中突然阳光显露、彩虹当空，这些看来平淡无奇的东西，是在一株草中看见了琼楼玉宇，是由于心中有一座有情的宝殿。

"心扉的突然洞开"，是来自于从容，来自于有情。

生命的整个过程是连续而没有断灭的，因而年纪的增长等于是生活资料的累积，到了中年的人，往往生活就纠结成一团乱麻了，许多人畏惧这样的乱麻，就拿黄金酒色来压制，企图用物质的追求来麻醉精神的僵滞，以至于心灵的安宁和融都展现成为物质的累积。

其实，可以不必如此，如果能有较从容的心情，较有情的胸襟，则能把乱麻的线路抽出、理清，看清我们是如何的失落了青年时代对

理想的追求，看清我们是在什么动机里开始物质权位的奔逐，然后想一想：什么是我要的幸福呢？我最初所向往的幸福是什么？我波动的心为何不再震荡了呢？我是怎么样落入现在这个古井呢？

  我时常想起台湾光复初期的童年时代，那时社会普遍的贫穷，可是大部分人都有丰富的人情，人与人间充满了关怀，人情义理也不曾被贫苦生活所昧却，乡间小路的"奉茶"正是人情义理最好的象征。记得我的父亲常挂在嘴上的一句话是："人活着，要像个人。"当时我不懂这句话的含义，现在才算比较了解其中的玄机。人即使生活条件只能像动物那样，人也不应该活得如动物失去人的有情、从容、温柔与尊严。在中国历代的忧患悲苦之中，中国人之所以没有失去特质，实在是来自这个简单的意念："人活着，要像个人！"

  人的贫穷不是来自生活的困顿，而是来自在贫穷生活中失去人的尊严；人的富有也不是来自财富的累积，而是来自在富裕生活里不失去人的有情。人的富有实则是人心灵中某些高贵特质的展现。

  家家都有清风明月，失去了清风明月才是最可悲的！

  喝过了热乎乎的"奉茶"，我信步走入林间，看到在落叶层缝中有许多美丽的褐色叶片，拾起来一看，原来是褐蝶的双翼因死亡而落失在叶中，看到蝴蝶的翼片与落叶交杂，感觉到蝴蝶结束了一季的生命其实与树叶无异，尘归尘，土归土，有一天都要在世界里随风逝去。

  人的身体与蝴蝶的双翼又有什么两样呢？如果在活着的时候不能自由飞翔，展现这片赤诚的身心，让我们成为宇宙众生迈向幸福的阶梯，反而成为庸俗人类物质化的踏板，则人生就失去其意义，空到人间一回了！

  下山的时候，我想，让我恒久保有对人间有情的胸怀，以及一直保持对生活从容的步履；让我永远做一个为众生奉茶供水，在热恼中得到清凉的人。

无关风月

有一年冬天天气最冷的时候,我住在高雄县的佛光山上,我是去度假,不是去朝圣,每天过着与平常一样的生活,睡得很迟。

一天,我睡觉的时候忘了关窗,半夜突然下起雨刮起风,风雨打进窗来把我从沉睡中惊醒。在温热的南部,冬夜里下雨是很稀少的事,我披衣坐起,将窗户关上,竟再也不能入眠。点了灯,屋上清光一脉,桌上白纸一张,在风雨之中,暗夜中的灯光像花瓣里的清露,晶莹而温暖,我面对着那一张本来应该记录我生活的白纸,竟一个字都无法下笔。

我坐在榻榻米上,静听从远方吹来的风声,直到清晨微明的晨光照映入窗,室内的小灯逐渐灰暗下来。这时候,寺庙的晨钟"当"的一声破空而来,当——当——当,沉厚悠长的钟声遂一声接一声地震响了长空,我才深刻地知觉到这平时扰我清梦的钟声是如此纯明,好像人已站在极高的峰顶,那钟声却又用力拉拔,要把人超度到无限的青空之中,那是空中之音,清澈玲珑,不可凑泊;那是相中之色,羚羊挂角,无迹可寻。

我推窗而立,寻觅钟声的来处,不觅犹可,一觅又使我大声地吃了一惊,只见几不可数的和尚和尼姑,都穿着整齐的铁灰色袈裟,分

当岁月的灯火都睡去的时候,有些往事仍鲜明得如同在记忆的显影液中,我们看它浮现出来,但毕竟是过去了。

成两排长列，鱼贯地朝钟声走去，天上还下着小雨，他们好像无视于这尘世的风雨，一一走进了钟声的包围之中。

和尚尼姑们都挺直腰杆，微俯着头，我站在高处，看不见任何一个表情，却看到他们剃得精光的头颅在风雨迷茫中闪闪生亮；一刹那，微微的晨光好像便普照了大地。那一长串钟声这时美得惊心，仿佛是自我的心底深处发出来，然后和尚尼姑诵晨经的声音从诵经堂沉厚地扬散出来，那声音不高不低不卑不亢，使大地在苏醒中一下子祥和起来，微风吹遍，我听不清经文，却也不免闭目享受那安宁的动人的诵经声。

那真是一次伟大的经验，听晨钟，想晨经，在风雨如晦的一间小小的客房中。

对于和尚尼姑，我一向怀有崇仰的心情，这起源于我深切地知道他们原都是人世间最有情的人，而他们物外的心情是由于在人世的涛浪中醒悟到情的苦难、情的酸楚、情的无知、情的怨憎，以及情所带给人无边的恼恨与不可解，于是他们避居到远远离开人情的深山海湄，成为心体两忘的隐遁者。

可是，情到底是无涯无际的广辽，他们也不免有午夜梦回的时刻、有寂寞难耐的时刻，这时便需要转化、需要升华、需要提醒。暮鼓晨钟在午夜梦回之后的清晨，在彩霞满天、引人遐思的黄昏提醒他们，要从情的轮回中跃动出来，从无边的苦中惊觉到清净的心灵。诵经则使他们对情的牵系转化到心灵的单一之中，从一遍又一遍单调平和的声音里不断告诫、洗练自己从人世里超脱出来。而他们的升华，乃是自人世里的小情小爱转化成为世人的大同情和大博爱。

到最后，他们只有给予，没有收受，掏肝掏肺地去爱一些从未谋面的、在人世里浮沉的人。如果真有天意、真有佛心，也许我们都曾在他们的礼赞中得到一些平和的慰安吧！

林 清 玄
散 文 精 选

  然而，日复一日的转化、升华和提醒是如此的漫长无尽，那是永远不可能有解答，永远不可能有结局的。虽然只是钟声、经声，以及人间的同情，但都不是很容易的事。

  我想到人，人要从无情变成有情固然不易，要由有情修得无情或者不动情的境界，原也是这般的难呀！

  苦难终会过去的，和尚与尼姑们诵完经，鱼贯地走回他们的屋子，有一位知客僧来敲我的门，要我去用早膳。这时我发现，风雨停了，阳光正在山头一边孤独的角落露出脸来。

温一壶月光下酒

逃　情

幼年时在老家西厢房，姊姊为我讲东坡词，有一回讲到《定风波》中"一蓑烟雨任平生"这个句子时让我吃了一惊，仿佛见到一个竹杖芒鞋的老人在江湖道上踽踽独行，身前身后都是烟雨弥漫，一条长路连到远天去。

"他为什么？"我问。

"他什么都不要了，"姊姊说，"所以到后来有'回首向来萧瑟处，归去，也无风雨也无晴'之句。"

"这样未免太寂寞了，他应该带一壶酒、一份爱、一腔热血。"

"在烟中腾云过了，在雨里行走过了，什么都过了，还能如何？所谓'来往烟波非定居，生涯蓑笠外无余'，生命的事一经过了，再热烈也是平常。"

年纪稍长，才知道"竹杖芒鞋轻胜马，谁怕？一蓑烟雨任平生"的境界并不容易达致，因为生命中真是有不少不可逃不可抛的东西，名利倒还在其次；至少像一壶酒、一份爱、一腔热血都是不易逃的，

林清玄
散文精选

尤其是情爱。

记得日本小说家武者小路实笃曾写过一个故事，传说有一个久米仙人，在尘世里颇为情苦，为了逃情，入山苦修成道，一天腾云游经某地，看见一个浣纱女足胫甚白，久米仙人为之目眩神驰，凡念顿生，飘忽之间，已经自云头跌下。可见逃情并不是苦修就可以得到。

我觉得"逃情"必须是一时兴到，妙手偶得，如写诗一样，也和酒趣一样，狂吟浪醉之际，诗涌如浆，此时大可以用烈酒热冷梦，一时彻悟。倘若苦苦修炼，可能达到"好梦才成又断，春寒似有还无"的境界，离逃情尚远，因此一见到"乱头粗服，不掩国色"的浣纱女就坠落云头了。

前年冬天，我遭到情感的大创巨痛，曾避居花莲逃情，繁星冷月之际与和尚们谈起尘世的情爱之苦，谈到凄凉处连和尚都泪不能禁。如果有人问我："世间情是何物？"我会答曰："不可逃之物。"连冰冷的石头相碰都会撞出火来，每个石头中事实上都有火种，可见再冰冷的事物也有感性的质地，情何以逃呢？

情仿佛是一个大盆，再善游的鱼也不能游出盆中，人纵使能相忘于江湖，情是比江湖更大的。

我想，逃情最有效的方法可能是更勇敢地去爱，因为情可以病，也可以治病；假如看遍了天下足胫，浣纱女再国色天香也无可如何了。情者是堂堂巍巍，壁立千仞，从低处看是仰不见顶，自高处观是俯不见底，令人不寒而栗，但是如果在千仞上多走几遭，就没有那么可怖了。

理学家程明道曾与弟弟程伊川共同赴友人宴席，席间友人召妓共饮，伊川正襟危坐，目不斜视，明道则毫不在乎，照吃照饮。宴后，伊川责明道不恭谨，明道先生答曰："目中有妓，心中无妓！"这是何等洒脱的胸襟，正是"云月相同，溪山各异"，是凡人所不能致的

境界。

说到逃情，不只是逃人世的情爱，有时候心中有挂也是情牵。有一回，暖香吹月时节与友在碧潭共醉，醉后扶上木兰舟，欲纵舟大饮，朋友说："也要楚天阔，也要大江流，也要望不见前后，才能对月再下酒。"死拒不饮，这就是心中有挂，即使挂的是楚天大江，终不能无虑，不能万情皆忘。

以前读《词苑丛谈》，其中有一段故事：

后周末，汴京有一石氏开茶坊，有一个乞丐来索饮，石氏的幼女敬而与之，如是者达一个月，有一天被父亲发现了打她一顿，她非但不退缩，反而供奉益谨。乞丐对女孩说："你愿喝我的残茶吗？"女嫌之，乞丐把茶倒一部分在地上，满室生异香，女孩于是喝掉剩下的残茶，一喝便觉神清体健。

乞丐对女孩说："我就是吕仙，你虽然没有缘分喝尽我的残茶，但我还是让你求一个愿望。"女只求长寿，吕仙留下几句话："子午当餐日月精，元关门户启还扃，长似此，过平生，且把阴阳仔细烹。"遂飘然而去。

这个故事让我体察到万情皆忘，"且把阴阳仔细烹"实在是神仙的境界，石姓少女已是人间罕有，还是忘不了长寿，忘不了嫌恶，最后仍然落空，可见情不但不可逃，也不可求。

越往前活，越觉得苏东坡"一蓑烟雨任平生""也无风雨也无晴"词意之不可得，想东坡也有"春色三分，二分尘土，一分流水。细看不是杨花，点点是离人泪"的情思；有"但愿人长久，千里共婵娟"的情愿；有"念故人老大，风流未减，空回首，烟波里"的情怨；也有"若待得君来向此，花前对酒不忍触。共粉泪，两簌簌"的情冷，可见"一蓑烟雨任平生"只是他的向往。

情何以可逃呢？

林清玄
散文精选

煮 雪

传说在北极的人因为天寒地冻，一开口说话就结成冰雪，对方听不见，只好回家慢慢地烤来听……

这是个极度浪漫的传说，想是多情的南方人编出来的。

可是，我们假设说话结冰是真有其事，也是颇有困难，试想：

回家烤雪煮雪的时候要用什么火呢？因为人的言谈是有情绪的，煮得太慢或太快都不足以表达说话时的情绪。

如果我生在北极，可能要为煮的问题烦恼半天，与性急的人交谈，回家要用大火煮烤；与性温的人交谈，回家要用文火。倘若与人吵架呢？回家一定要生个烈火，才能声闻当时"哔哔剥剥"的火爆声。

遇到谈情说爱的时候，回家就要仔细酿造当时的气氛，先用情诗情词裁冰，把它切成细细的碎片，加上一点酒来煮，那么，煮出来的话便能使人微醉。倘若情浓，则不可以用炉火，要用烛火再加一杯咖啡，才不会醉得太厉害，还能维持一丝清醒。

遇到不喜欢的人不喜欢的话就好办了，把结成的冰随意弃置就可以了。爱听的话则可以煮一半，留一半他日细细品尝，住在北极的人真是太幸福了。

但是幸福也不常驻，有时候天气太冷，火生不起来，是让人着急的，只好拿着冰雪用手慢慢让它融化，边融边听。遇到性急的人恐怕要用雪往墙上摔，摔得力小时听不见，摔得用力则声震屋瓦，造成噪音。

我向往北极神话的浪漫世界，那是个宁静祥和又能自己制造生活的世界，在我们这个到处都是噪音的时代里，有时候我会希望大家说出来的话都结成冰雪，回家如何处理是自家的事，谁也管不着。尤其

是人多要开些无聊的会议时，可以把那块噪杂的大雪球扔在家前的阴沟里，让它永远见不到天日。

斯时斯地，煮雪恐怕要变成一种学问，生命经验丰富的人可以依据雪的大小、成色，专门帮人煮雪为生；因为要煮得恰到好处和说话时恰如其分一样，确实不易。年轻的恋人则可以去借别人的"情雪"，借别人的雪来浇自己心中的块垒。

如果失恋，等不到冰雪尽融的时候，就放一把大火把雪屋都烧了，烧成另一个春天。

温一壶月光下酒

煮雪如果真有其事，别的东西也可以留下，我们可以用一个空瓶把今夜的桂花香装起来，等桂花谢了，秋天过去，再打开瓶盖，细细品尝。

把初恋的温馨用一个精致的琉璃盒子盛装，等到青春过尽垂垂老矣的时候，掀开盒盖，扑面一股热流，足以使我们老怀堪慰。

这其中还有许多意想不到的情趣，譬如将月光装在酒壶里，用文火一起温来喝……此中有真意，乃是酒仙的境界。

有一次与朋友住在狮头山，每天黄昏时候在刻着"即心是佛"的大石头下开怀痛饮，常喝到月色满布才回到和尚庙睡觉，过着神仙一样的生活。最后一天我们都喝得有点醉了，携着酒壶下山，走到山下时顿觉胸中都是山香云气，酒气不知道跑到何方，才知道喝酒原有这样的境界。

有时候抽象的事物也可以让我们感知，有时候实体的事物也能转眼化为无形，岁月当是明证，我们活的时候真正感觉到自己是存在的，岁月的脚步一走过，转眼便如云烟无形。但是，这些消逝于无形的往

林清玄
散文精选

事，却可以拿来下酒，酒后便会浮现出来。

喝酒是有哲学的，准备许多下酒菜，喝得杯盘狼藉是下乘的喝法；几粒花生米一盘豆腐干，和三五好友天南地北是中乘的喝法；一个人独斟自酌，举杯邀明月，对影成三人，是上乘的喝法。

关于上乘的喝法，春天的时候可以面对满园怒放的杜鹃细饮五加皮；夏天的时候，在满树狂花中痛饮啤酒；秋日薄暮，用菊花煮竹叶青，人共海棠俱醉；冬寒时节则面对篱笆间的忍冬花，用蜡梅温一壶大曲。这种种，就到了无物不可下酒的境界。

当然，诗词也可以下酒。

俞文豹在《历代诗余引吹剑录》谈到一个故事，提到苏东坡有一次在玉堂日，有一幕士善歌，东坡因问曰："我词何如柳七（即柳永）？"幕士对曰："柳郎中词，只合十七八女郎，执红牙板，歌'杨柳岸，晓风残月'。学士词，须关西大汉、铜琵琶、铁棹板，唱'大江东去'。"东坡为之绝倒。

这个故事也能引用到饮酒上来，喝淡酒的时候，宜读李清照；喝甜酒时，宜读柳永；喝烈酒则大歌东坡词。其他如辛弃疾，应饮高粱小口；读放翁，应大口喝大曲；读李后主，要用马祖老酒煮姜汁到出怨苦味时最好；至于陶渊明、李太白则浓淡皆宜，狂饮细品皆可。

喝纯酒自然有真味，但酒中别掺物事也自有情趣。范成大在《骖鸾录》里提到："番禺人作心字香，用素茉莉未开者，着净器，薄劈沉香，层层相间封，日一易，不待花蔫，花过香成。"我想，应做茉莉心香的法门也是掺酒的法门，有时不必直掺，斯能有纯酒的真味，也有纯酒所无的余香。我有一位朋友善做葡萄酒，酿酒时以秋天桂花围塞，酒成之际，桂香袅袅，直似天品。

我们读唐宋诗词，乃知饮酒不是容易的事，遥想李白当年斗酒诗百篇，气势如奔雷，作诗则如长鲸吸百川，可以知道这年头饮酒的人

实在没有气魄。现代人饮酒讲格调，不讲诗酒，袁枚在《随园诗话》里提过杨诚斋的话："从来天分低拙之人，好谈格调，而不解风趣，何也？格调是空架子，有腔口易描，风趣专写性灵，非天才不辨。"在秦楼酒馆饮酒作乐，这是格调，能把去年的月光温到今年才下酒，这是风趣，也是性灵，其中是有几分天分的。

《维摩经》里有一段天女散花的记载，正在菩萨为弟子讲经的时候，天女出现了，在菩萨与弟子之间遍撒鲜花，散布在菩萨身上的花全落在地上，散布在弟子身上的花却像粘藕那样粘在他们身上，弟子们不好意思，用神力想使它掉落也不掉落。仙女说：

"观诸菩萨花不着者，已断一切分别想故。譬如，人畏时，非人得其便。如是弟子畏生死故，色、声、香、味、触得其便也。已离畏者，一切五欲皆无能为也。结习未尽，花着身耳。结习尽者，花不着也。"

这也是非关格调，而是性灵。佛家虽然讲究酒、色、财、气四大皆空，我却觉得，喝酒到极处几可达佛家境界，试问，若能忍把浮名，换作浅酌低唱，即使天女来散花也不能着身，荣辱皆忘，前尘往事化成一缕轻烟，尽成因果，不正是佛家所谓苦修深修的境界吗？

我似昔人,不是昔人

1

憨山大师有一年冬天读《肇论》,对里面僧肇大师谈到的"旋岚偃岳而常静,江河竞注而不流"感到十分疑惑,心思惘然。

又读到书里的一段:有一位梵志从幼年出家,一直到白发苍苍才回到家乡,邻居问梵志说:"昔人犹在耶?"梵志说:"吾似昔人,非昔人也。"憨山豁然了悟,说:"信乎!诸法本无去来也!"

然后,他走下禅床礼佛,悟到无起动之相,揭开竹帘,站立在台阶上,忽然看到大风吹动庭院里的树,飞叶满空,却了无动相,他感慨地说:"这就是旋岚偃岳而常静呀!"又看到河中流水,了无流相,说:"此江河竞注而不流呀!"于是,去来生死的疑惑,从这时候起完全像冰雪融化一样,随手作了一首偈:

死生昼夜,水流花谢。
今日乃知,鼻孔向下。

2

我每一次想到憨山大师传记里的这一段，都会油然地感动不已，它似乎在冥冥中解释了时空岁月的答案。

表面上看，山上的旋岚、飘叶、云飞，是非常热闹的，但是山的本身却是那么安静——河中的水奔流不停，但是河的本质并没有什么改变。人的生死，宇宙的昼夜，水的奔流，花果的飘零，都像是这样，是自然的进程罢了。

这就是为什么梵志白发回乡，对邻居说："我像是从前的梵志，却已经不是以前的梵志了。"

岁月在我们的身上，毫不留情地写下刻痕，在每一次揽镜自照的时候，都会慨然发现，我们的脸容苍老了，我们的白发增生了，我们的身材改变了，于是，不免要自问："这是我吗？"

这就是从前那一位才华洋溢、青春飞扬、对人世与未来充满热切追求的我吗？

这是我，因为每一步改变的历程，我都如实地经验，还记得自己的十岁、二十岁、三十岁，一步一步地变迁。

这也不是我，因为不论在外貌、思想、语言都已经完全改变了。如果遇到三十年前的旧友，他可能完全不认得我，或许，我如果在街上遇见十岁时的自己，也会茫然地错身而过。

时空与我，在生命的历程上起着无限的变化，使我感到惘然。

那关于我的，到底是我吗？不是我吗？

3

有一次返乡，在我就读过的旗山小学大礼堂演讲，我的两个母校，旗山小学、旗山初中都派了学生来献花，说我是杰出的校友。

演讲完后，遇到了我的一些小学中学的老师，简直不敢与他们相认，因为他们都老得不是原来的样子，当时我就想，他们一定也有同样的感慨吧！没想到从前那个从来不穿鞋上学的毛孩子，现在已经步入中年了。

一位二十年没见的小学同学来看我，紧紧握着我的手说："二十年没见，想不到你变得这么老了！"——他讲的是实话，我们是两面镜子，他看见我的老去，我也看到了他的白发，其中最荒谬的是，我们都确信眼前这完全改变的同学，是"昔日人"，也自信自己还是从前的我。

一位小学老师说："没想到你变得这么会演讲呢！"

我想到，小时候我就很会演讲，只是中文不标准，因此永远没有机会站上讲台，不断挫折与压抑的结果，使我变得忧郁，每次上台说话就自卑得不得了，甚至脸红心跳说不出话来。

连我自己都不能想象，二十几年之后，我每年要做一百多次的大型演讲，当然，我的老师更不能想象的。

我不只是外貌彻底地改变了，性格、思想也不再是从前的自己。

但是，属于童年的我，却是旋岚偃岳、江河竞注，那样清晰、充满了动感。

4

今年过年的时候，在家里一张被弃置多年的书桌里，找到了我在童年、少年时代的一些照片，黑白的、泛着岁月的黄渍。

我坐在书桌前专注地寻索着那些早已在岁月之流中逝去的自己，瘦小、苍白，常常仰天看着远方。

那时在乡下的我们,一面在学校读书,一面帮忙家里的农事,对未来都有着茫然之感,只知道长大一定要到远方去奋斗,渴望有衣锦还乡的一天。

有一张照片后面,我写着:

> 男儿立志出乡关,
> 毕业无成誓不还。

那是初中三年级,后来我到台南读高中,大学考了好几次,有一段时间甚至灰心丧志,觉得天下之大,竟没有自己容身的地方。想到自己十五岁就离家了,少年迷茫,不知何往。

还有一张是高中一年级的,背后竟早熟地写着:

> 我是谁?
> 我从哪里来?
> 要往哪里去?
> 在人群里,谁认识我呢?

我看着那些照片,试图回到当时的情境,但情境已渺,不复可追。如果我不写说明,拿给不认识从前的我的朋友看,他们一定不能在人群里认出我来。

坐在地板上看那些照片,竟看到黄昏了,直到母亲跑上来说:"你在干什么呢?叫好几次吃晚饭,都没听见。"我说在看从前的照片。

"看从前的照片就会饱了吗?"母亲说,"快!下来吃晚饭。"

我醒过来,顺随母亲下楼吃晚饭,母亲说得对,这一顿晚饭比从前的照片重要得多。

5

这二十年来，我写了五十几本书，由于工作忙碌，很少回乡，哥哥姊姊竟都是在书里与我相见。

有一次，姊姊和我讨论书中的情节，说："你真的经历这些事吗？"

"是的。"我说。

"真想不到，我的同事都问我，你写的那些是不是真的，我说我也不知道呀！因为我的弟弟十五岁就离家了。"

有时候，我出国也没有通知家里的人。那时在中国时报当主编，时常到国外去出差，几乎走遍了半个地球。亲戚朋友偶尔会问："这写埃及的，是真的吗？""这写意大利的，是真的吗？"

我的脸上并没有写过我到过的国家，我的眼里也无法映现生命那些私密经验的历程，因此，到后来连我自己也会问自己："这些都是真的吗？"如果是假的，为什么如此真实？如果是真的，现在又在何处呢？生命的经验没有一段是真的，也没有一段是假的，回想起来，真的是如梦如幻，假的又是刻骨铭心，在走过了以后，真假只是一种认定呀！

6

有时候，不肯承认自己四十岁了，但现在的辈分又使我尴尬。

早就有人叫我"叔公"、"舅公"、"姨丈公"、"姑丈公"了，一到做了公字辈，不认老也不行。

我是怎么突然就到了四十岁呢？

不是突然！生命的成长虽然有阶段性，每天却都是相连的，去日、今日与来日，是在喝茶、吃饭、睡觉之间流逝的，在流逝的时候并不特别警觉，但是每一个五年、十年就仿佛是河流特别湍急，不免有所醒觉。

看着两岸的人、风景，如同无声的黑白默片，一格一格地显影、定影，终至灰白、消失。

无常之感在这时就格外惊心，缘起缘灭在沉默中，有如响雷。

生命会不会再有一个四十年呢？如果有，我能为下半段的生命奉献什么？

由于流逝的岁月，似我非我；未来的日子，也似我非我，只有善待每一个今朝，尽其在我的珍惜每一个因缘，并且深化、转化、净化自己的生命。

7

憨山大师觉悟到"旋岚偃岳而常静，江河竞注而不流"的时候，是二十九岁。想来惭愧，二十九岁的时候我在报馆里当主笔，旋岚乱动，江河散流，竟完全没有过觉悟的念头。

现在懂了一点点佛法、体验一些些无常、观照一丝丝缘起，才知道要做一个不受人惑的人是多么艰难。幸好，选到了一双叫"菩萨道"的鞋子，对路上的荆棘、坑洞，也能坦然微笑地迈步了。

记得胡适先生在四十岁时，曾在照片上自题"做了过河卒子，只好拼命向前"，我把它改动成"看见彼岸消息，继续拼命向前"，来作为自己四十岁的自勉。

但愿所有的朋友，也能一起前行，在生命的流逝、在因缘的变换中，都能无畏，做不受惑的人。

以水为师

我很喜欢老子的一个故事。

传说老子的老师常枞要过世的时候，老子去请教老师最后的教化。常枞唤老子近身，叫老子看自己的嘴巴，问说："你看我的牙齿还在吗？"

"没有，牙齿都掉光了。"老子回答。

"那么，你看我的舌头还在吗？"

"还在，还鲜红一如从前。"老子说。

常枞说："这就是我要教你的最后一课呀。在这世界上，柔软是最有力量的。我死了之后，你要以水为师，水是这世上最柔软的东西，但是天下最刚强的东西也不能抵挡水。"

说完后，常枞就过世了。

这虽然是无法考证的传说，却点出了老子思想的精要所在，老子的《道德经》虽然讲的是"道"和"德"，但以水来作象征的篇章很多，例如：

> 道冲，而用之或不盈。渊兮似万物之宗。挫其锐，解其纷，和其光，同其尘，湛兮似或存。

——道要像深渊一样深不可测,是万物的本源,要清澈得似有若无。

上善若水。水善利万物而不争,处众人之所恶,故几于道。

——最上善的人,像水一样。水能滋养万物;而且本性温柔,顺自然而不争;能蓄居在众人不愿居住的低下之处。有水这三种特质的人,就与道相近了。

持而盈之,不如其已。

——人的内心要像水一样,盛在任何器皿都不能太满,满了就会溢出,所以在满之前,就要知止。

知其雄,守其雌,为天下谿。

——知道雄壮刚强的好处,宁可处于雌伏柔顺的状态,这样的人才可以作为天下的谿谷,使众水流注。

譬道之在天下,犹川谷之于江海。

——道在天下万物,就像江海对于川谷,江海是百川的归宿,道也是万物的母亲。

天下之至柔,驰骋天下之至坚,无有入无间。

林清玄
散文精选

——天下最柔软的东西,才能驾驭天下最坚强的东西,唯有以"无有"才能进入没有间隙的实体。

大国者下流,天下之牝,天下之交。

——伟大的国家应该像江海一样自居于下游,表现得像母性一样温柔,就会成为天下归结的所在。

江海所以能为百谷王者,以其善下之,故能为百谷王。

——江海所以能成为百川之王,是因为它善处于低下的位置,吸引百川汇注,所以成为百川之王。

天下莫柔弱于水,而攻坚强者莫之能胜。

——天下没有比水更柔弱的东西了,可是要攻破坚强的事物,没有一样胜过水。

……

因此,老子的哲学,我们可以说是水的哲学,也是守柔的哲学,也是他反复说明"守柔曰强"、"柔弱者,生之徒"、"弱者,道之用"、"柔弱胜刚强"等等的理由。但这种柔弱、柔顺、柔软、柔忍并非怯懦,而是"虚其心,实其腹。弱其志,强其骨"的。

天下人皆知水的珍贵,却往往轻忽那丰沛的水;善能以水为师的,实在是太少了。所以老子才会感慨地说:"弱之胜强,柔之胜刚,天下莫不知,莫能行。"(弱能胜强,柔能克刚,天下人都知道,但天下人都难以实践。)

感慨还是好的，有时候令人悲哀，如果我们对人说应该以水为师、珍惜每一滴水、保护环境和水土，不要滥垦滥葬，不要设高尔夫球场，不要破坏森林，这时候，"下士闻道，大笑之，不笑不足以为道。"（识见浅薄的人听到珍贵的道理，便大笑起来，如果他不笑，也不能算道了）。

在天下大旱之际，想到老子"以水为师"、"守柔曰强"的思想，感受更是深刻，我们今天"居大旱而望云霓"，不正是从前"为者败之，执者失之"的结果吗？

为民牧者一边在破坏水土的球场上打高尔夫球，一边渴雨祈雨，有没有反省从前的作为呢？

咫尺千里

今天下午偶然遇到一个朋友,他正在参与拯救青少年的义工工作,现在进行的活动叫作"远离边缘"。

朋友告诉我一些他接触的个案,有一些青少年因为无知,被朋友带去吸毒和抢劫;还有一些因为成绩不好,被社会和学校的教育遗弃,只好流浪街头,做出犯法的事。但是,大部分的青少年会走到边缘,是由于缺少父母亲的爱,当一个人连父母亲的爱都失去了,就什么坏事也可能做出来了。

朋友非常感叹地说:"每次想到这些身体强健的青少年,只因为缺少爱就变坏,心里就很着急,真想每个人都能多爱一些,说不定能支持他们远离边缘。"

我们更感慨的是,这几十年来社会的变迁和教育的失败,使一般的人——不论是青少年,或是成人——都失去了爱的表达能力。我们花更多的时间追求物质的生活,却吝于花一点时间来对待自己的亲人;我们用更多的力气在一些外面的琐事,却舍不得多给最亲的人一些关怀。

那些身强体壮、有无限精力的青少年,他们会变得茫然,成为边缘人,整个社会都有责任。

因为这个社会愈来愈多的是冷漠,而愈来愈少的是爱。

我对朋友说:"只有爱,才能拯救这个社会呀!"

这个社会确实存在许多的边缘,但边缘指的不是文化的或社会的,我们在最繁华的都市里,反而有最多边缘的青少年;在最富有的家庭里,也可能培育出最冷漠的心灵。

与朋友谈天结束后,我沿着忠孝东路散步走回家,看着那些外表坚实华丽的大楼,内部是那样冷硬而无感,过于巨大的招牌杂乱无章地挂着。

这些大楼、这些招牌,不正是这个社会人心的显现吗?

我们有着更大的占据与高耸的外表,却有更多的流失与更大的荒芜,我们失去的是心灵的故乡与思想的田园,这是使我们流落于边缘的根源呀!

回到家,我接到儿子幼儿园时代的老师寄给我的一本稿子,这本稿子是一个母亲的日记。

这个母亲因为怀孕时受到病毒感染,生下一个先天畸形的女婴,取名为"心澂",期望小女孩虽然残缺,还能"心澄如水,能清楚地照见自己、照见世间"。

但是,心澂生下来之后,残缺还没有结束,因为她的脑部病变是"进行式"的,心澂先是肠胃病弱,接着是四肢萎缩,再来是脊椎侧弯,情况一天比一天更糟。

不管情况变得多么糟,心澂的母亲汪义丽女士永不放弃,甚至"连一天也没有离开过孩子",她带着孩子对抗疾病,对抗残酷的命运,坚持到底。那是源自于她有非常充沛的爱,这爱是泉源,不会枯竭。

心澂在父母亲的爱里,最后还是走了,一共只活了四年的时间,留下来的,是母亲在这四年中写下的充满光辉和泪水的日记。

林清玄
散文精选

我跟随着这一本日记、跟随着互相深爱的母女的悲喜，希望能寻找到命运的阳光。

终至我深深地叹息了。

即使如此丰盈的爱也是无力回天，大化实在太无情了。

尽管大化无情，但真正纯粹的爱里，过程是比结局远为重要的，"爱别离"既是人生的必然，却很少人知道，只要完全融入地爱过，别离也就不能拘限我们了。

另外使我叹息的是这世间的荒诞，许多身强体健的青少年形同被父母遗弃；许多面貌姣好的少女竟被父母像货品一样的出售。反而是许多父母的心肝宝贝，却是身心有残缺的，唉唉！大化岂止是无情而已！

在这流动的世间、流转的人情里，是必然的呢？还是偶然的？

如果是偶然的，人生不就如同风云雨露吗？

如果是必然的，存在的理由又是什么呢？

那必然的存在，是为了启示我们、成就我们，让我们学习更繁剧的生命课程，以彻底转化我们的心性。

对于能不断学习和超越的人，由于转化、启示与成就，所以折磨是好的，受苦也是好的。

当我读到心澂的母亲每个字都以血泪铸造的日记，看到她如何在不断的失望、无望、绝望中转化与超拔，我想到"母心即是佛心，佛心即是母心"的句子。

也为心澂而感到安慰，虽然她在人间只有短短四年，却沐浴在浓郁的爱里，她所得到的爱可能超过那因为缺乏爱而沦落边缘的人，一生的总和。

我宁可把心澂的生命历程看成是一个不凡的示现，她以短暂的生命来启示她身边的人，而她的母亲为她做的真实记录，但望能启示更

多徘徊在爱的边缘的人，回到生命的中心——爱——里来。

我想，天下的父母如果都肯为孩子记录一些生命的日记，并且有义丽那样细腻的爱，那我们的孩子就有福了，他们再也不会陷入边缘，不论他们是强健或缺陷，不论他们是资优生或牛头班，都能无憾地成长，昂然立于天地之间。

在我们这样的时代和社会，只有更无私的爱，才能拯救。

使我痛心的是，为什么那些勇于承担爱的人，往往为了得到咫尺的爱而奔波千里？为什么有好环境去爱的人，却使唾手可得的爱流放于千里之外？

从偶然而观之，但愿天地间相隔千里的心，都可以在咫尺相聚。

从必然观之，但愿由前世情缘相聚的人，都可以互相地珍惜。

我们都要深信：这世界没有真正的边缘！

黄玫瑰的心

为了这绝望的爱情,我已经过了很长时间沮丧、疲倦,像行尸走肉的日子。

昨夜,从矿坑灾变采访回来,因疼惜生命的脆弱与无助,坐在眠床上不能入睡,清晨,当第一道阳光照入,我决心为那已经奄奄一息的爱情做最后的努力,我想,第一件该做的事是到我常去的花店买一束玫瑰花,要鹅黄色的,因为我的女朋友最喜欢黄色的玫瑰。

剃好胡子,勉强拍拍自己的胸膛说:"振作起来!"想起昨天在矿坑灾变后那些沉默哀伤但坚强的面孔,就出门了。

往市场的花店前去,想到在一起五年的女朋友,竟为了一个其貌不扬,既没有情趣又没有才气的人而离开,而我又为这样的女人去买玫瑰花,既心痛、又心碎;生气,又悲哀得想流泪。

到了花店,一桶桶美艳的、生气昂扬的花正迎着朝阳,开放。

找了半天,才找到放黄玫瑰的桶子,只剩下九朵,每一朵都垂头丧气,"真衰!人在倒霉的时候,想买的花都垂头丧气的。"我在心里咒骂。

"老板!"我粗声地问,"还有没有黄玫瑰?"

一老先生从屋里走出来,和气地说:"没有了,只剩下你看见的

那几朵啦。"

"这黄玫瑰每一朵的头都垂下来了,我怎么买?"

"喔,这个容易,你去市场里逛逛,半个小时后回来,我包给你一束新鲜的、有精神的黄玫瑰。"老板赔着笑,很有信心地说。

"好吧!"我心里虽然不信,但想到说不定他要向别的花店去调,也就转进市场去逛了。心情沮丧时看见的市场简直是尸横遍野,那些被分解的动物尸体,使我更深刻地感受到这是一个悲苦的世界,小贩刀俎的声音,使我的心更烦乱。

好不容易在市场里熬了半个小时,再转回花店时,老板已把一束元气淋漓的黄玫瑰用紫色的丝带包好了,放在玻璃柜上。

我不敢相信自己的眼睛,我说:"这就是刚刚那一些黄玫瑰吗?"——它们垂头丧气的样子还映在我的眼前!

"是呀!就是刚刚那些黄玫瑰。"老板还是笑嘻嘻地说。

"你是怎么做到的,刚刚明明已经谢了呀!"我听到自己发出惊奇的声音。

花店老板说:"这非常的简单,刚刚这些玫瑰不是凋谢,只是缺水,我把它整株泡在水里,才二十分钟,它们全又挺起胸膛了。"

"缺水?你不是把它插在水桶里吗?怎么可能缺水呢?"

"少年仔,玫瑰花整株都要水呀!泡在水桶是它的根茎,它喝到的水就好像人吃饭一样。但是人不能光吃饭,人要有脑筋、有思想、有智慧,才能活得抬头挺胸。玫瑰花的花朵也需要水,在田野里,它们有雨水露水,但是剪下来就很少有人注意了,很少有人再给花的头浇水,一旦它的头垂下来,整株泡在水里,很快就恢复精神了。"

我听了非常感动,怔在当场:呀!原来人要活得抬头挺胸,需要更多的智慧,要常把干枯的头脑泡在冷静的智慧之水里。

当我告辞的时候,老板拍拍我的肩膀说:"少年仔!要振作咧!"

这句话差点使我流泪走回家，原来他早就看清我是一朵即将枯萎的黄玫瑰。

回到家，我放了一缸水，把自己整个人埋在水里，体会着一朵黄玫瑰的心，起来后通身舒泰，决定不把那束玫瑰送给离去的女友。

那一束黄玫瑰每天都会被我整株泡一下水，一星期以后才凋落花瓣，凋谢时是抬头挺胸凋谢的。

这是十几年前，我写在笔记上的一件真实的事，从那一次以后，我就知道了一些买回来的花朵垂头丧气的秘密。最近找到这一段笔记，感触和当时一样深，更确实地体会到，人只要有细腻的心去体会万象万法，到处都有启发的智慧。

一朵花里，就能看到宇宙的庄严，看到美，以及不屈服的意志。

有一位花贩告诉我，几乎是所有的白花都很香，愈是颜色艳丽的花愈是缺乏芬芳，他的结论是："人也是一样，愈朴素单纯的人，愈有内在的芳香。"

有一位花贩告诉我，夜来香其实白天也很香，但是很少人闻得到，他的结论是："因为白天人的心太浮躁了，闻不到夜来香的香气，如果一个人白天的心也很沉静，就会发现夜来香、桂花、七里香，连酷热的中午也是香的。"

有一位花贩告诉我，清晨买莲花一定要挑那些盛开的，结论是："早上是莲花开放最好的时间，如果一朵莲花早上不开，可能中午和晚上都不会开了。我们看人也是一样，一个人在年轻的时候没有志气，中年或晚年是很难有志气的。"

有一位花贩告诉我，愈是昂贵的花愈容易凋谢，那是为了要向买花的人说明："要珍惜青春呀！因为青春是最名贵的花！"

有一位花贩告诉我……

让我们来体会这有情世界的一切展现吧，当我们有大觉的心，甚至体贴一朵黄玫瑰，以心印心，心心相印，我们就会知道，原来在最近最平凡的一切里，就有最深最奇绝的睿智呀！

不曾一颗真

> 铅泪结，如珠颗颗圆；
> 移时验，不曾一颗真。
> ——澹归和尚

这是明朝澹归和尚作的一首词，一共只有十六个字，它可能是词里面最短的，也可能是词里境界最高的。题名为《咏泪》的这首词，译成白话的意思是，一个人的泪珠落下的时候，就好像铅熔化落下的珠粒，每一颗都是圆的，但是过一下子检验起来，没有一颗是真实的。

这样的境界就有点像《金刚经》里说的"过去心不可得，现在心不可得，未来心不可得"，或者"凡所有相，皆是虚妄"，甚至使我们想到《金刚经》里最动人的一首偈：

> 一切有为法，如梦幻泡影；如露亦如电，应作如是观。

由小处看来，一滴泪虽是悲喜的呈现，但它是不真切的，只是一个情结的幻影。从大处着眼，人生的悲喜也是空幻的，乃至我们所能

眼见与感受的世界，都是虚妄的表现，经过时间一检验，都会变灭、消失。

一颗眼泪的形成，是悲喜因缘的"缘起"。一颗眼泪的消失，是时空实相的"性空"。一切的"缘起"，都通向了毕竟的"空义"。

"缘起性空"不只是用以形容宇宙的变化法则，也是禅的中心思想。在禅心里，凡是眼睛、耳朵、鼻子、舌头、身体、意念所能触及的事物，都是缘聚则生，缘故则灭，禅是要透过这种因缘，开发出那能涵容一切的"空性"，也就是自性、佛性、法性。

禅里讲这种"缘起性空"的公案很多，仰山禅师初参性空禅师时，听见一位僧人问性空："什么是祖师西来意？"

性空说："如果有人跌落了千尺的深井，你不用绳子就可以救他上来的时候，我才告诉你。"仰山听了，大感不解，后来，仰山去参耽源禅师，谈到性空禅师的回答，就问耽源说：

"那井里的人，既然不用绳子，要怎样才能救上来呢？"耽源笑了起来说："你这个糊涂虫！到底有谁在井里呢？"仰山为之一愣，洞然明白。因为，本来就没有人在井里，用什么绳子呢？我们拿这个公案，再来对照青原行思问石头希迁的问题就更明白了。青原问道："你是从曹溪六祖慧能那儿来的吗？那么，你去曹溪，得到了什么？"石头说："我去曹溪之前，就没有缺少什么呀！"青原又问："既然如此，那你去曹溪做什么呢？"石头坦然地说："如果我不去曹溪，怎么能知道我本来就没有缺少什么呢？"

你看，石头说得多好，一切的缘起是在追求性空，但性空并不由外求得，性空是人原来就具有的。因而缘起性空正是一体的两面，性空是本质，缘起是现象，"性空"是禅之所以不可说的理由，"缘起"则是禅师留下那么多语录与公案的理由，悟到自性本空的禅师，可以坦然自在地看待缘起，未悟的人则可以因观照种种缘起，走入空性的

林 清 玄
散 文 精 选

道路。

我们再回来看仰山禅师，仰山悟后去追随沩山禅师，有一天，师徒两人在田埂上行走，沩山对仰山说：

"你看，这一块田，这边高，那边低。"仰山说："不对，是这边低，那边高。"沩山说："如果你不相信这边高的话，那我们一起站在田埂中间，往两边看看，到底是哪一边高。"仰山说："不要站在中间，也不要只看两边。"沩山说："那么，我们不要用眼睛看，我们用水平来量好了，因为再也没有一样东西比水平更平了。"仰山说："水也没有一定的体性，水在高处是平的，水在低处也是平的。"听到徒弟仰山如此说，沩山师父高兴地笑了，他赞叹仰山说："从今以后，再也没有人能奈何得了你了！"

我们生活在这个世界，因为相信因缘的起灭是真实的，总会预设一个标准来衡量人间世事，不幸的是，这个标准正是执著的根源，往往正好阻碍了真相，连水平都不能测量田地的高度，人又用什么标准来测量呢？心里有了标准、心里有了测量、心里有了比较、心里有了执著，都不能让我们走向圆融的道路。

圆融的道路，就是性空的道路，性空是一种光明、一种清净，是对因缘起灭的翻转，是对人生之镜的粉碎，是对善恶因缘的无染——因为再好的因缘也像用笔在镜子上写字，笔再好、字再美、词采再富丽，也会弄脏了镜子。

这不是说在人生里不能悲喜流泪，只是说，要看清每一滴泪，终是虚幻，不要执著呀！

走向生命的大美

清朝的词评家王国维在《人间词话》里，曾经说到古今成大事业大学问的人必须经过三种境界：

第一种境界是"昨夜西风凋碧树，独上高楼，望尽天涯路"。意思是说有感性的胸怀，见到西风里凋零的碧树心有所感，在内心里有理想的抱负与未来的追寻，虽有孤独与苍茫之感，但有远见，对生命有辽阔的视野。

（这三句的原作者是宋朝的晏殊，出自他的《蝶恋花》，原词是"槛菊愁烟兰泣露，罗幕轻寒，燕子双飞去。明月不谙离恨苦，斜光到晓穿朱户。昨夜西风凋碧树，独上高楼，望尽天涯路。欲寄彩笺兼尺素，山长水阔知何处？"）

第二种境界是"衣带渐宽终不悔，为伊消得人憔悴"。意思是说不只要有追寻理想的热情与勇气，还要有坚持、有执著，去实践自己所信奉的真理，即使人变瘦了、衣带变宽了，也能百折不悔。

（这两句的原诗出自宋朝诗人柳永的《凤栖梧》，原词是"伫倚危楼风细细，望极春愁，黯黯生天际。草色烟光残照里，无言谁会凭阑意？拟把疏狂图一醉，对酒当歌，强乐还无味。衣带渐宽终不悔，为伊消得人憔悴。"）

林清玄
散文精选

第三种境界是"众里寻他千百度，蓦然回首，那人却在灯火阑珊处"。意思是经过非常长久的努力追寻，饱受人生的沧桑，到后来猛然回首，那要追寻的却在自己走过的道路上，灯火阑珊的地方。

(这三句典出宋朝词人辛弃疾的《青玉案》，原词是"东风夜放花千树，更吹落，星如雨。宝马雕车香满路，凤箫声动，玉壶光转，一夜鱼龙舞。蛾儿、雪柳、黄金缕，笑语盈盈暗香去。众里寻他千百度，蓦然回首，那人却在灯火阑珊处。")

从前读《人间词话》到人生的三种境界时，虽有感触，但不深刻，到最近几年，这三重境界之说时常在心中浮现，格外感受到王国维对生命的智见，他论的虽然是诗词、是事功、是人格，讲的实际上是人从凡夫之见超越的历程，到最后那种"众里寻他千百度，蓦然回首，那人却在灯火阑珊处"，简直是开悟的心境了，使我想起一首禅诗"终日寻春不见春，芒鞋踏破岭头云，归来偶遇梅花嗅，春在枝头已十分"，也不禁想到菩萨在人间留下一丝有情那样的心境。

一个人人要"众里寻他千百度"，必然要经验人生的许多历程，而要"蓦然回首"则需要一种明觉，至于站在灯火阑珊处的那人，不是别人，而是一个原点，是那个"独上高楼，望尽天涯路"的自我呀！

诗人虽然出自情感与灵感来表达自我，但其中有一种明觉，或者与禅师不同，我相信那明觉之中有如同镜子一样澄明的开悟的心——这种历程，在某些作品里是历历可见的。

宋朝词人蒋捷曾有一首《虞美人》，很能看出这种提升的历程。

> 少年听雨歌楼上，红烛昏罗帐；壮年听雨客舟中，江阔云低，断雁叫西风。而今听雨僧庐下，鬓已星星也；悲欢离合总无情，一任阶前点滴到天明。

我想起真如白雪一样无瑕的少年岁月，因为它那样白那样纯净，几乎所有的事物都可以涵容。

　　那些岁月虽在我们的流年中消逝，但借着非常非常微小的事物，往往一勾就是一大片，仿佛是草原里的小红花，先是看到了那朵红花，然后发现了一整片大草原，红花可能凋落，而草原却成为一个大的背景，我们就在那背景成长起来。

在僧庐下听雨的白发诗人，体会到人世悲欢离合的无情就像阶前的雨一样错落无常，心境上是有一种悟境的，与禅心不同的是，禅心以智为灯心，诗人则以美作为点燃，这是为什么我们读到李贺"天若有情天亦老"之句，要为之低回不已了。或者读到龚自珍的"落红不是无情物，化作春泥更护花"要为之三叹了。

一个好的开悟的境界，或者崇高的人格与事功，都不是无情的，它是一种经过净化的有情的心，这种经过净化的有情，我们可以称之为"觉有情"，有如道绰大师说的，就像天鹅在水中悠游，沾水而羽毛不湿。

好的文学、优美的诗歌，无不是在"有情中有觉"，创作者既提升了自我的情感经验，也借以转化，溶解成人人都能提升的情感经验，来唤醒大众内在的感觉的呼声。这是为什么，历来伟大的禅师在开悟之际都会写下诗歌，而开悟之后，有许多禅师也往往以诗歌示教，在显教最有名的是六祖慧能，传说他不识字，但读他的作品《六祖坛经》竟有如诗偈一样。在密宗最著名的是密勒日巴，传说他留传的诗歌竟有数万首之多。

寒山、拾得不也是这样吗？他们是山野里的隐士，却也忍不住把自己的心境写在山间石壁，幸好有人抄录才不致失传，但是，我也不禁想到，以寒山、拾得的诗才，写诗的那种劲道，一定有更多的诗隐于石上、壁上，与草木同朽，后人无缘得见了。

为什么悟道者爱写诗呢？原因何在？我想在最根本处是，禅学或佛教是一种美，在人生中提升美的体验，使一个人智慧有美、慈悲有美、生活有美、语默动静无一不美，那才是走向佛道之路。

失去了美，佛道对人生还有什么价值呢？

唯有心性的绝美，才使人能洗涤贪嗔痴慢疑五毒；也唯有绝美的心，才能面对、提升、跨越人生深切的痛苦。因此，道是美，而走向

林清玄
散文精选

道的心情是一种诗情,诗情与道情转折的驿站则是"觉"。菩萨所以叫"觉有情",是因为菩萨从来没有失去感性的怀抱,与凡夫不同的是,他在有情中不失觉悟的心。菩萨所以个个心性皆美,长相也无不庄严达到极致,则是启示了我们,美是无比重要的,最深刻的美则是来自有情的锤炼。即使是佛,十方诸佛都是"相好庄严",经典里说到佛之美,有"三十二相,八十种好"之说,因此,佛的相、佛的心,都是绝美。了解到佛道的追求是生命完美的追求,我模仿王国维之说,凡是古今走向"觉有情"之道者,也必经三种境界:第一种境界是:"笑声不闻声渐悄,多情却被无情恼。"(语出苏东坡《蝶恋花》)第二种境界是:"我见青山多妩媚,料青山见我应如是,情与貌,略相似。"(语出辛弃疾《贺新郎》)第三种境界是:"千锤万凿出深山,烈火焚烧若等闲;粉身碎骨浑不怕,要留清白在人间。"(语出于谦《咏石灰》)

真正觉有情的菩萨,全是多情的种子,他们在无情的业障人性之中,因烦恼生起菩提之心。然后体会到一切有情都会被无情所恼,思有以解脱,心性与眼界大开,看到世间的美与苦难是并存的,正如青山与我并无分别。最后宁可再跃入有情的洪炉,不畏任何障碍,为了留一点清白在人间。

一个人人格境界的确立正是如此,是在有情中打滚、提炼,终至永保明觉,观照世间,那时才知道什么叫作"蓦然回首"了。唯有清明的心,才体验到什么是真实的美。唯有不断地觉悟,才使体验到的美更深刻、广大、雄浑。也唯有无上正觉的人,才能迈向生命的大美、至美、完美与绝美呀!

岁月的灯火都睡了

前些日子在香港，朋友带我去游维多利亚公园，我们黄昏的时候坐缆车到维多利亚山上（香港中国人称为太平山）。这个公园在香港生活是一个异数，香港的万丈红尘声色犬马看了叫人头昏眼花，只有维多利亚山还保留了一点绿色的优雅的情趣。

我很喜欢上公园的铁轨缆车，在陡峭的山势上硬是开出一条路来，缆车很小，大概可以挤四十个人，缆车司机很悠闲地吹着口哨，使我想起小时候常常坐的运甘蔗的台糖小火车。

不同的是，台糖小火车恰恰碰碰，声音十分吵人，路过处又都是平畴绿野，铁轨平平地穿过原野。维多利亚山的缆车却是无声，它安静地前行，山和屋舍纷纷往我们背后退去，一下子间，香港——甚至九龙——都已经远远地抛在脚下了。

有趣的是，缆车道上奇峰突起，根本不知道下一刻会有什么样的视野，有时候视野平朗了，你以为下一站可以看得更远，下一站有时被一株大树挡住了，有时又遇到一座卅层高的大厦横生面前。一留心，才发现山上原来也不是什么蓬莱仙山，高楼大厦古堡别墅林立，香港的拥挤在这个山上也可以想见了。

缆车站是依山而建，缆车半路上停下来，就像倒吊悬挂着一般，

林　清　玄
散　文　精　选

抬头固不见顶，回首也看不到起站的地方，我们便悬在山腰上，等待缆车司机慢慢启动。终于抵达了山顶，白云浓得要滴出水来，夕阳正悬在山的高处，这时看香港因为隔着山树，竟看出来一点都市的美了。

香港真是小，绕着维多利亚公园走一圈已经一览无遗，右侧由人群和高楼堆积起来的香港、九龙闹区，正像积木一样，一块连着一块，像一个梦幻的都城，你随便用手一推就会应声倒塌。左侧是海，归帆点点，岛与岛在天的远方。

香港商人的脑筋动得快，老早就在山顶上盖了大楼和汽车站；大楼叫"太平阁"，里面什么都有，书店、工艺品点、超级市场、西餐厅、茶楼等等，只是造型不甚调合。汽车站是绕着山上来的，想必比不上缆车那样有风情。

我们在"太平阁"吃晚餐，那是俯瞰香港最好的地势，我们坐着，眼看夕阳落进海的一方，并且看灯火在大楼的窗口一个个点燃，才一转眼，香港已经成为灯火辉煌的世界。我觉得，香港的白日是喧哗让人烦厌的，可是香港的夜景却是美得如同神话里的宫殿，尤其是隔着一脉山一汪水，它显得那般安静，好像只是点了明亮的灯火，而人都安息了。

我说我喜欢香港的夜景。

朋友说："因为你隔得远，有距离的美，你想想看，如果你是那一点点光亮的窗子里的人，就不美了。"他想了一下说："你安静地注视那些灯，有的亮，有的暗，有的亮过又暗了，有的暗了又亮起来，真是有点像人生的际遇呢！"

我们便坐在维多利亚山上看香港九龙的两岸灯火。那样看人被关在小小的灯窗里，人真是十分渺小的，可是人多少年来的努力竟是把自己从山野田园的广阔天地上关进一个狭小的窗子里，这样想时，我对现代文明的功能不免生出一种迷惑的感觉。

朋友并且告诉我，香港人的墓地不是永久的，人死后八年便必须挖起来另葬他人，因为香港的人口实在太多了，多到必须和古人争寸土之地——这种人给人的挤迫感，只要走在香港街头看汹涌的人潮就体会深刻了。

我们就那样坐在山上看灯看到夜深，看到很多地区的灯灭去，但是另一地区的灯再亮起来——香港是一个不夜的城市——，我们坐最后一班缆车下山。

下山的感觉也十分奇特，我们背着山势面对山尖，车子却是俯冲下山，山和铁轨于是顺着路一大片一大片露出来。我看不见车子前面的风景，却看见车子后面的风景一片一片地远去，本来短短的铁轨愈来愈长，终于长到看不见的远方，风从背后吹来，呼呼地响。

我想到，岁月就像那样，我们眼睁睁地看自己的往事在面前一点一点淡去，而我们的前景反而在背后一滴一滴淡出，我们不知道下一站在何处落脚，甚至不知道后面的视野怎么样，只能走一步算一步。

往事再好，也像一道柔美的伤口，它美得凄迷，却是每一段都是有伤口的。它最后连接成一条轨道，隐隐约约透露出一些规则来，社会和人不也是一样吗？成与败都是可以在过去找到一些讯息的。

我们到山下时，我抬头看维多利亚山，已经笼罩在月光之中，那一天，我在寄寓的香港酒店顶楼坐着，静静地沉默地俯望香港和九龙，一直到九龙尖沙咀的灯火和对岸香港天星码头的灯火，都在凌晨的薄雾中暗去，我想起自己过去所经验的一些往事，我真切地感受到，当岁月的灯火都睡去的时候，有些往事仍鲜明得如同在记忆的显影液中，我们看它浮现出来，但毕竟是过去了。

月光下的喇叭手

冬夜寒凉的街心,我遇见一位喇叭手。

那时月亮很明,冷冷的月芒斜落在他的身躯上,他的影子诡异地往街边拉长出去。街很空旷,我自街口走去,他从望不见底的街头走来,我们原也会像路人一般擦身而过,可是不知道为什么,那条大街竟被他孤单落寞的影子紧紧塞满,容不得我们擦身。

霎时间,我觉得非常神秘,为什么一个平常人的影子在凌晨时仿佛一张网,塞得街都满了,我惊奇地不由自主地站定。定定看着他缓缓步来,他的脚步零乱颠簸,像是有点醉了,他手中提的好像是一瓶酒,他一步一步逼近,在清冷的月光中我看清,他手中提的原来是一把伸缩喇叭。

我触电般一惊,他手中的伸缩喇叭造型像极了一条被刺伤而惊怒的眼镜蛇,它的身躯盘卷扭曲,它充满了悲愤的两颊扁平地亢张,好像随时要吐出"呓呓"的声音。

喇叭精亮的色泽也颓落成蛇身花纹一般,斑驳锈黄色的音管因为有许多伤痕凹凹扭扭,缘着喇叭上去握着喇叭的手血管纠结,缘着手上去我便明白地看见了塞满整条街的老人的脸。他两鬓的白在路灯下反射成点点星光,穿着一袭宝蓝色滚白边的制服,大盘帽也缩皱地贴

在他的头上，帽徽是一只振翅欲飞的老鹰——他真像一个打完仗的兵士，曳着一把流过许多血的军刀。

突然一阵汽车喇叭的声音，汽车从我的背后来，强猛的光使老人不得不举起喇叭护着眼睛。他放下喇叭时才看见站在路边的我，从干扁的唇边迸出一丝善意的笑。

在凌晨的夜的小街，我们便那样相逢。

老人吐着冲天的酒气告诉我，他今天下午送完葬分到两百元，忍不住跑到小摊去灌了几瓶老酒，他说："几天没喝酒，骨头都软了。"他翻来翻去在裤口袋中找到一张百元大钞，"再去喝两杯，老弟！"他的语句中有一种神奇的口令似的魔力，我为了争取请那一场酒费了很大的力气，最后，老人粗声地欣然地答应："就这么说定，俺陪你喝两杯，我吹首歌送你。"

我们走了很长的黑夜的道路，才找到隐没在街角的小摊，他把喇叭倒盖起来，喇叭贴粘在油污的桌子上，肥胖浑圆的店主人操一口广东口音，与老人的清瘦形成很强烈的对比。老人豪气地说："广东、山东，俺们是半个老乡哩！"店主惊奇笑问，老人说："都有个东字哩！"我在六十烛光的灯泡下笔直地注视老人，不知道为什么，竟在他平整的双眉跳脱出来几根特别灰白的长眉毛上，看出一点忧郁了。

十余年来，老人干上送葬的行列，用骊歌为永眠的人铺一条通往未知的道路，他用的是同一把伸缩喇叭，喇叭凹了、锈了，而在喇叭的凹锈中，不知道有多少生命被吹送了出去。老人诉说着不同的种种送葬仪式：他说到在披麻衣的人群里每个人竟会有完全不同的情绪时，不觉仰天笑了："人到底免不了一死，喇叭一响，英雄豪杰都一样。"

我告诉老人，在我们乡下，送葬的喇叭手人称"罗汉脚"，他们时常蹲聚在榕树下嗑牙，等待人死的讯息。老人点点头："能抓住罗汉的脚也不错。"然后老人感喟地认为在中国，送葬是一式一样的，

林清玄
散文精选

大部分人一辈子没有听过音乐演奏，一直到死时才赢得一生努力的荣光，听一场音乐会。"有一天我也会死，我可是听多了。"

借着几分酒意，我和老人谈起他飘零的过去。

老人出生在山东的一个小县城里，家里有一片望不到边的大豆田，他年幼的时代便在大豆田中放风筝、抓田鼠，看春风吹来时，田边奔放出嫩油油的黄色小野花，天永远蓝得透明，风雪来时，他们围在温暖的小火炉边取暖，听着戴毡帽的老祖父一遍又一遍说着永无休止的故事。他的童年里有故事、有风声、有雪色、有贴在门楣上等待新年的红纸，有数不完的在三合屋围成的庭院中追逐的不尽的笑语……

"廿四岁那年，俺在田里工作回家，一部军用卡车停在路边，两个中年汉子把我抓到车上，连锄头都来不及放下，俺害怕地哭着，车子往不知名的路上开走……他奶奶的！"老人在军车的小窗中看他的故乡远去，远远地去了，那部车丢下他的童年、他的大豆田，还有他老祖父终于休止的故事。他的眼泪落在车板上，四周的人漠然地看着他，一直到他的眼泪流干；下了车，竟是一片大漠黄沙不复记忆。

他辗转地到了海岛，天仍是蓝的，稻子从绿油油的茎中吐出他故乡嫩黄野花的金黄，他穿上戎装，荷枪东奔西走，找不到落脚的地方，"俺是想着故乡的啦！"渐渐的，连故乡都不敢想了，有时梦里活蹦乱跳地跳出故乡，他正在房间里要掀开新娘的盖头，锣声响鼓声闹，"俺以为这一回一定是真的，睁开眼睛还是假的，常常流一身冷汗。"

老人的故乡在酒杯里转来转去，他端起杯来一口仰尽一杯高粱。三十几年过去了，"俺的儿子说不定娶媳妇了。"老人走的时候，他的妻正怀着六个月的身孕，烧好晚餐倚在门上等待他回家，他连一声再见都来不及对她说。老人酗酒的习惯便是在想念他的妻到不能自拔的时候弄成的。三十年的戎马真是倥偬，故乡在枪眼中成为一个名词，那个名词简单，简单到没有任何一本书能说完，老人的书才掀开一页，

一转身,书不见了,到处都是烽烟,泪眼苍茫。

当我告诉老人,我们是同乡时,他几乎泼翻凑在口上的酒汁,几乎是发疯一般地抓紧我的手,问到故乡的种种情状,"我连大豆田都没有看过。"老人松开手,长叹一声,因为醉酒,眼都红了。

"故乡真不是好东西,看过也发愁,没看过也发愁。"

"故乡是好东西,发愁不是好东西。"我说。

退伍的时候,老人想要找一个工作,他识不得字,只好到处打零工,有一个朋友告诉他:"去吹喇叭吧,很轻松,每天都有人死。"他于是每天拿只喇叭在乐队里装个样子,装着、装着,竟也会吹起一些离别伤愁的曲子。在连续不断的骊歌里,老人颤音的乡愁反而被消磨得尽了。每天陪不同的人走进墓地,究竟是什么样一种滋味?老人说是酒的滋味,醉酒吐了一地的滋味,我不敢想。

我们都有些醉了,老人一路上吹着他的喇叭回家,那是凌晨三点至静的台北,偶尔有一辆急驶的汽车呼呼驰过,老人吹奏的骊歌变得特别悠长凄楚,喇叭哇哇的长音在空中流荡,流向一些不知道的虚空,声音在这时是多么无力,很快地被四面八方的夜风吹散,总有一丝要流到故乡去的吧!我想着。

向老人借过伸缩喇叭,我也学他高高把头仰起,喇叭说出一首年轻人正在流行的曲子:

> 我们隔着迢遥的山河
> 去看望祖国的土地
> 你用你的足迹
> 我用我游子的乡愁
> 你对我说
> 古老的中国

林 清 玄
散 文 精 选

> 没有乡愁
> 乡愁是给没有家的人
> 少年的中国也没有乡愁
> 乡愁是给不回家的人

老人非常喜欢那首曲子，然后他便在我们步行回他万华住处的路上用心地学着曲子，他的音对了，可是不是吹得太急，就是吹得太缓。我一句一句对他解释了那首歌，那歌，竟好像是为我和老人写的，他听得出神，使我分不清他的足迹和我的乡愁。老人专注地不断地吹这首曲子，一次比一次温柔，充满感情；他的腮鼓动着，像一只老鸟在巢中无助地鼓动翅翼，声调却正像一首骊歌，等他停的时候，眼里赫然都是泪水，他说："用力太猛了，太猛了。"然后靠在我的肩上呜呜地哭起来。我耳边却在老人的哭声中听到大豆田上呼呼的风声。

我也忘记我们后来怎么走到老人的家门口，他站直立正，万分慎重地对我说："我再吹一次这首歌，你唱，唱完了，我们就回家。"

唱到"古老的中国没有乡愁，乡愁是给没有家的人"的时候，我的声音喑哑了，再也唱不下去，我们站在老人的家门口，竟是没有家一样地唱着骊歌，愈唱愈遥远。

我们是真的喝醉了，醉到连想故乡都要掉泪。

老人的心中永远记得他掀开盖头的新娘面容，而那新娘已是个鬓发飞霜的老太婆了。时光在一次一次的骊歌中走去，冷然无情地走去。

告别老人，我无助软弱地步行回家，我的酒这时全醒了，脑中充塞着中国近代史一页沧桑的伤口，老人是那个伤口凝结成的疤；像吃剩的葡萄藤，五颜六色无助地掉落在万华的一条巷子里，他永远也说不清大豆和历史的关系，他永远也不知道老祖父的骊歌是哪一个乐团吹奏的。故乡真的远了，故乡真的远了吗？

我一直在夜里走到天亮，看到一轮金光乱射的太阳从两幢大楼的夹缝中向天空蹦跃出来，有另一群老人穿着雪白的运动衫在路的一边做早操，到处是人从黎明起开始蠕动的姿势，到处是人们开门拉窗的声音，阳光从每一个窗子射进。

不知道为什么，我老是惦记着老人和他的喇叭，分手以后我再也没有见过他。每次在街上遇到送葬的行列，我总是寻找着老人的面影；每次在凌晨的夜里步行，老人的脸与泪便毫不留情地占据我。最坏的是，我醉酒的时候，总要唱起："我们隔着迢遥的山河，去看望祖国的土地，你用你的足迹，我用我游子的乡愁；你对我说，古老的中国没有乡愁，乡愁是给没有家的人，少年的中国也没有乡愁，乡愁是给不回家的人。"然后我知道，可能这一生再也看不到老人了。但是他被卡车载走以后的一段历史却成为我生命的刺青，一针一针地刺出我的血珠来。他的生命是伸缩喇叭凹凹扭扭的最后一个长音。

在冬夜寒冷的街心，我遇见一位喇叭手；春天来了，他还是站在那个寒冷的街心，孤冷冷地站着，没有形状，却充塞了整条街。

屋顶上的田园

连续来了几个台风，全台湾又为了菜价的昂贵而沸腾了，我们家是少数不为菜价烦恼的家庭。

今年春天，我坐在屋顶阳台乘凉的时候，看着空荡荡的阳台，心里想："为什么不在阳台上种点东西呢？"我想到居住在乡间的亲戚朋友，每一小片空地也都是尽量地利用，空着三十几坪的阳台岂不是太可惜吗？

于是，我询问太太和孩子的意见，"到底是种花好呢？还是种菜好？"都认为是种菜好，因为花只是用来看的，菜却要吃进肚子里，而台湾的农药问题是如此的可怕。

孩子问我："爸爸，你真的会种菜吗？"

我听了大笑起来，那是当然的啊！想想老爸是农人子弟，从小什么作物没有种过，区区一点菜算得了什么！"

自己吹嘘半天，却也有一些心虚起来，我的祖父、父亲都是农夫，我小时候虽也有农事的经验，但我少小离家，那已经是很遥远的事了。

种菜，首先要整地，立刻就面临要在阳台上砌砖围土的事情，这样工程就太浩大了。我和孩子一起讨论："如果我们找来三十个大花盆，每一个盆子栽一种菜，一个月之后，我们每天采收一盆，就会天

天有蔬菜吃了。"

我把从前种花的时候弃置的花盆找出来,一共有十八盆,再去花市买了十二个塑胶盆子。泥土是在附近的工地向工地主任要来的废土,种子是托弟媳在乡下的市场买的。没有种过菜的人,一定想不到菜的种子非常便宜,一包才十元,大概可以种一亩地没问题,如果种一盆,种子不到一毛钱。小贩在袋子上都写了菜名,在乡下的菜名和城里的不同,因此搞了半天,才知道"格林菜"是"芥蓝菜","汤匙菜"是"青康菜","蕹菜"是"空心菜","美仔菜"是"莴苣",那些都是菜长出来后才知道的,其实,所有的青菜都很好吃,种什么菜都是一样的。

我先把工地的废土翻松,在都市里的土地从未种作,地力未曾使用,应该是很肥沃的,所以,种菜的初期,我们可以不使用任何肥料。我已经想好我要用的肥料了,例如洗米的水、煮面的汤、菜叶果皮,以及剩菜残羹等等。

叶菜类的生长速度非常的快,从发芽到采收只要三个星期的时间,几乎每天都可以因看到茂盛的生长而感到喜悦。特别是像空心菜、红凤叶、番薯叶,一天就可以长出一寸长。

我也决定了采收和浇水的方法。

一般的菜农采收叶菜,为了方便起见,都是整棵从地里拔起,我们在阳台种菜格外艰辛,应该用剪刀来采收,例如摘空心菜,每次只采最嫩的部分,其根茎就会继续生长,隔几天又可以收成了。

浇水呢?曾经自己种菜的弟弟告诉我,如果用自来水来浇灌,不只菜长不好,而且自来水费比菜价还高。我找来一些大桶子放在阳台,以便下雨时可以集水,平常则请太太帮忙收集洗米洗菜的水,甚至洗手洗澡的水,既是用花盆种菜,这样的水量也就够了。

我种的第一批菜快要可以收成的时候,发现菜园来了一些虫、蜗

林 清 玄
散 文 精 选

牛、蚱蜢等等小动物，它们对采收我的菜好像更有兴趣、更急切。这使我感到心焦，因为我是不杀生、不使用农药的，把小虫一只一只抓来又耗去了太多的时间。

有一天，一位在阳明山种兰花的朋友来访，我请他参观阳台的菜园。他说他发明了一种农药，就是把辣椒和大蒜一起泡水，一桶水里大约辣椒十条、大蒜十粒，然后装在喷水器里，喷在花盆四周和菜叶上，又卫生无毒又有奇效。

从此，我大约每星期喷一次自制的"农药"，果然再也没有虫害了。

自从我种的菜可以采收之后，每次有朋友来，我都摘菜请客，他们很难相信在阳台可以种出如此甜美的菜。有一位朋友吃了我种的菜，大为感慨："在台北市，大概只有两个大人物自己在屋顶上种菜，一个是王永庆，一个是林清玄。"

我听了大笑，大人物是谈不上，不过吃自己种的青菜确是非常踏实，有成就感。

还有一次，主持"玫瑰之夜"的曾庆瑜小姐来访，看到我种的菜，大为兴奋，摘了一枝红凤菜，也没有清洗，就当场大嚼起来，我想阻止她已经来不及了，如果告诉她农药和肥料的来源，她吃得一定更有"味道"了。

从开始种菜以来，就不再担心菜价的问题了，每有台风来的时候，我把菜端到避风的墙边，每次也都安然度过，真感觉到微小的事物中也有幸福欢喜。

每天的早晨黄昏，我抽出半个小时来除草、浇水、松土，一方面劳动了久坐的筋骨，一方面也想起从前在乡间耕作的时光，在劳苦之中感觉到生活的踏实。

我常想，地球上的土地是造物者为了生养人类而创造的，如今却

有很多人把土地作为占有与获利的工具，真是辜负土地原有的价值。

想到在东京银座有块土地的日本人，却拿来种稻子，许多人为他不把土地盖成昂贵的楼房，而种粗贱的稻米感到不可思议，那是因为人已经日渐忘记土地的意义了，东京银座那充满铜臭的土地还可以生长稻子，不是值得欢喜雀跃的事吗？

我在阳台上种菜是不得已的，但愿有一天能把菜种在真正的土地上。

不信青春唤不回

掌中宝玉

一位想要学习玉石鉴定的青年,听说在远处有一位年老的玉石家,他就不远千里地去向老师傅学艺。

当他见到老师傅,说明了自己学玉的志向,希望有一天能像老师傅一样成为众人仰佩的专家。老师傅拿一块玉给他,叫他捏紧,然后开始给他上中国历史的课程,从三皇五帝夏商周开始讲,讲了几个小时,却一句也没有提到玉。

第二天他去上课,老师傅仍然交给他一块玉叫他捏紧,又继续讲中国历史,一句也不提玉的事。就这样,光是中国历史就讲了几个星期。接着,他向年轻人讲中国的风土人文、哲学思想,甚至生命情操,除了玉石的知识之外,老师傅几乎什么都讲授了。

而且,每天他都叫那个青年捏紧一块玉听课。

经过几个月以后,青年开始着急了,因为他想学的是玉,没有想到却学了一大堆无用的东西,有一天他终于鼓起勇气,希望向老师表明,请老师开始讲玉的学问。

他走进老师的房间,老师仍照往常一样交给他一块玉,叫他捏紧,正要开始谈天的时候,青年大叫起来:"老师,您给我的这一块,不是玉!"老师笑起来说:"你现在可以开始学玉了。"

林清玄
散文精选

这是一位收藏玉的朋友讲给我听的故事，有非常深刻的启示。

对于学玉的人，要成为玉石专家，不能光是看石头本身，因为玉石与中国文化是不可分的，没有深厚的文化素养，不可能懂玉。所以老师不先教玉，而先做文化通识的教化，其次，进入玉的世界第一步，是分辨是不是玉，这种分辨不只是知识的累积，常常是直觉的反应。

如果我们把这个故事往人生推进，也可以找到许多深思的角度，一是学习任何事物而成为专家都不是容易的事，必须经过很长时间的训练。二是在成为专家之前，需要通识教育，如果作为中国专家，就要先对历史、人文、哲学、思想、性格有基本的识见，否则光是懂一些普通技术有何意义？三是成为专家的第一步，应该有基本的判断，有是非之观、明义利之辨、有善恶之分，就如同掌中的宝玉，凭着直觉就知道为与不为，这才可以说是进入知识分子的第一步了。

这世界上任何有价值的智慧，都不是老师可以一一传授的，完全要依靠自己的体会，老师能教给我们宝玉，能不能分辨宝玉却要靠自己，那是由于宝玉不仅在掌中，也在心中。

每个人的心灵里都有一块宝玉，只是没有被开发，大部分的人不开发自己的宝玉，却羡慕别人手上的玉，就如同一只手隐藏了原有的玉，又伸手向别人要宝物一样，最后就失去了理想的远景和心灵的壮怀了。

所以，每天把自己的玉捏一捏，久而久之，不但能肯定自己的价值，也能发现别人的美质，甚至看见整个世界都有着玉石与琉璃的质感。

真正的桂冠

有一位年轻的女孩写信给我,说她本来是美术系的毕业生,最喜欢的事是背着画具到阳光下写生,希望画下人世间一切美的事物。寒假的时候她到一家工厂去打工,却把右手压折了,从此,她不能背画具到户外写生,不能再画画,甚至也放弃了学校的课业,顿觉生命失去了意义;她每天痛苦地把自己关在房间里,对任何事情都带着一种悲哀的情绪,最后她向我提出一个问题:我怎么办?我怎么办?

这个问题使我困惑了很久,不知如何回答。也使我想起法国的侏儒大画家罗德列克(Toulouse-Lautrec)。罗德列克出身贵族,小的时候聪明伶俐,极得宠爱,可惜他在十四岁的时候不小心绊倒,折断了左腿。几个月后,母亲带着他散步,他跌落阴沟,把右腿也折断了,从此,他腰部以下的发育完全停止,成为侏儒。

罗德列克的遭遇对他本人也许是个不幸,对艺术却是个不幸中的大幸,罗德列克的艺术是在他折断双腿以后才开始诞生,试问一下:罗德列克如果没有折断双腿,他是不是也会成为艺术史上的大画家呢?罗德列克说过:"我的双腿如果和常人一样的话,我也不画画了。"可以说是一个最好的回答。

从罗德列克遗留下来的作品,我们可以看到,他对正在跳舞的女

林　清　玄
散　文　精　选

郎和奔跑中的马特别感兴趣，也留下许多佳作，这正是来自他心理上的补偿作用，借着绘画，他把想跳舞和想骑马的美梦投射在艺术上面。因此，罗德列克倘若完好如常人，恐怕今天我们也看不到舞蹈和奔马的名作了。

每次翻看罗德列克的画册，总使我想起他的身世来。我想到：生命真正的桂冠到底是什么呢？是做一个正常的人而与草木同朽？或是在挫折之后，从灵魂的最深处出发而获得永恒的声名呢？这些问题没有单一的答案，答案就是在命运的摆布之中，是否能重塑自己，在灰烬中重生。

希腊神话中有两个性格绝对不同的神，一个是理性的、智慧的、冷静的阿波罗。另一个是感性的、热烈的、冲动的戴奥尼修斯。他们似乎代表了生命中两种不同的气质，一种是热情浪漫，一种是冷静理智，两者在其中冲击而爆出闪亮的火光。

从社会的标准来看，我们都希望一个正常人能稳定、优雅、有自制力，希望每个人的性格和表现像天使一样，可是这样的性格使大部分人都成为平凡的人，缺乏伟大的野心和强烈的情感。一旦这种阿波罗性格受到激荡、压迫、挫折，很可能就像火山爆发一样，在心底的戴奥尼修斯伸出头来，散发如倾盆大雨的狂野激情，艺术的原创力就在这种情况下生发。生活与命运的不如意正如一块磨刀石，使澎湃的才华愈磨愈锋利。

史上伟大的思想家大部分是阿波罗性格，为我们留下了生命深远的刻绘；但是史上的艺术家则大部分是戴奥尼修斯性格，为我们烙下了生命激情的证记。也许艺术家们都不能见容于当世，但是他们留下来的作品却使他们戴上了永恒、真正的桂冠。

这种命运的线索有迹可循，有可以转折的余地。失去了双脚，还有两手；失去了右手，还有左手；失去了双目，还有清明的心灵；失

去了生活凭借，还有美丽的梦想——只要生命不被消减，一颗热烈的灵魂也就有可能在最阴暗的墙角燃出耀目的光芒。

生命的途程就是一个惊人的国度，没有人能完全没有苦楚地度过一生，倘若一遇苦楚就怯场，一遭挫折就闭关斗室，那么，就永远不能将千水化为白练，永远不能合百音成为一歌，也就永远不能达到炉火纯青的境界。

如果你要戴真正的桂冠，就永远不能放弃人生的苦楚，这也许就是我对"我怎么办？"的一个答案吧！

红心番薯

　　看我吃完两个红心番薯，父亲才放心地起身离去，走的时候还落寞地说：为什么不找个有土地的房子呢？

　　这次父亲北来，是因为家里的红心番薯收成，特地背了一袋给我，还挑选几个格外好的，希望我种在庭前的院子。他万万没有想到，我早已从郊外的平房搬到城中的大厦，根本是容不下绿色的地方，甚至长不出一株狗尾草，不要说番薯了。

　　到车站接了父亲回到家里，我无法形容父亲的表情有多么近乎无望。他在屋内转了三圈，才放下提着的麻袋，愤愤地说："伊娘咧！你竟住在无土的所在！"一个人住在脚踏不到泥土的地方，父亲竟不能忍受，也是我看到他的表情才知道的。然后他的愤愤转成喃喃："你住在这种上不着天下不落地的所在，我带来的番薯要种在哪里？要种在哪里？"父亲对番薯的感情，也是这两年我才深切知道的。那是有一次我站在旧家前，看着河堤延伸过来的苇芒花，在微凉秋风中摇动着，那些遍地蔓生的苇芒长得有一人高，我看到较近的苇芒摇动得特别厉害，凝神注视，才突然看到父亲走在那一片苇芒里，我大吃一惊。原来父亲的头发和秋天灰白的苇芒花是同一个颜色，他在遍生苇芒的野地里走了几百千米，我竟未能看见。

那时我站在家前的番薯田里,父亲来到我的面前,微笑地问:

"在看番薯吗?你看长得像羊头一样大了哩!"说着,他蹲下来很细心地拨开泥土,捧出一个精壮圆实的番薯来,以一种赞叹的神情注视着番薯。我带着未能在苇芒花中看见父亲身影的愧疚心情,与他面对面蹲着。父亲突然像儿童天真欢愉地叹了一口气,很自得地说: "你看,恐怕没有人番薯种得比我好了。"然后他小心翼翼把那个番薯埋入土中,动作像在收藏一件艺术品,神情庄重而带着收获的欢愉。

父亲的神情使我想起幼年有关于番薯的一些记忆。有一次我和几位内地的小孩子吵架,他们一直骂着:"番薯呀!番薯呀!"我们就回骂:"老芋呀!老芋呀!"

对这两个名词我是疑惑的,回家询问了父亲。那天他喝了几杯老酒,神情至为愉快,他打开一张老旧的地图,指着台湾的那一部分说: "台湾的样子真是像极了红心的番薯,你们是这番薯的子弟呀!"而无知的我便指着北方广大的内地说:"那,这大陆的形状就是一个大的芋头了,所以内地人是芋仔的子弟?"父亲大笑起来,抚着我的头说: "憨囝仔,我们也是内地来的,只是来得比较早而已。"

然后他用一支红笔,从我们遥远的北方故乡有力地画下来,牵连到我们所居的台湾南部。那是第一次在十烛光的灯泡下,我认识到,芋头与番薯原来是极其相似的植物,并不是我们想象中那么判然有别的。也第一次知道,原来在东北会落雪的故乡,也遍生着红心的番薯。

我更早的记忆,是从我会吃饭开始的。家里每次收成番薯,总是保留一部分填置在木板的眠床底下。我们的每餐饭中一定煮了三分之一的番薯,早晨的稀饭里也放了番薯,有时吃腻了,我就抱怨起来。

听完我的抱怨,父亲就激动地说起他少年的往事。他们那时为了躲警报,常常在防空壕里一窝就是一整天。所以祖母每每把番薯煮好放着,一旦警报声响,父亲的九个兄弟姊妹就每人抱两三个番薯直奔

113

林　清　玄
散文精选

防空壕，一边啃番薯，一边听飞机和炮弹在四处交响。他的结论常常是："那时候有番薯吃，已经是天大的幸福了。"他一说完这个故事，我们只好默然地把番薯扒到嘴里去。

父亲的番薯训诫并不是寻常都如此严肃，偶尔也会说起战前在日本人的小学堂中放屁的事。由于吃多了番薯，屁有时是忍耐不住的，当时吃番薯又是一般家庭所不能免，父亲形容说："因此一进了教室往往是战云密布，不时传来屁声。"而他说放屁是会传染的，常常一呼百诺，万众皆响。有一回屁得太厉害，全班被日本老师罚跪在窗前，即使跪着，屁声仍然不断。父亲玩笑地说："经过跪的姿势，屁声好像更响了。"他说这些的时候，我们通常就吃番薯吃得比较甘心，放起屁来也不以为忤了。

然后是一阵战乱，父亲到南洋打了几年仗，在丛林之中，时常从睡梦中把他唤醒、时常让他在思乡时候落泪的，不是别的珍宝，只是普普通通的红心番薯。它烤炙过的香味，穿过数年的烽火，在万金家书也不能抵达的南洋，温暖了一位年轻战士的心，并呼唤他平安地回到家乡。他有时想到番薯的香味，一张像极番薯形状的台湾地图就清楚地浮现，思绪接着往南方移动，再来的图像便是温暖的家园，还有宽广无边结满黄金稻穗的大平原……

战后返回家乡，父亲的第一件事便是在家前家后种满了番薯，日后遂成为我们家的传统。家前种的是白瓤番薯，粗大壮实，可以长到十斤以上一个；屋后一小片园地是红心番薯，一串一串的果实，细小而甜美。白瓤番薯是为了预防战争逃难而准备的，红心番薯则是父亲南洋梦里的乡思。

每年父亲从南洋归来的纪念日，夜里的一餐我们通常不吃饭，只吃红心番薯，听着父亲诉说战争的种种，那是我农夫父亲的忧患意识。他总是记得饥饿的年代番薯是可以饱腹的。如今回想起来，一家人围

着小灯食薯，那种景况我在梵谷的名画《食薯者》中几乎看见。在沉默中，是庄严而肃穆的。

在这个近百年来中国最富裕的此时此地，父亲的忧患想来恍若一个神话。大部分人永远不知有枪声，只有极少数经过战争的人，在他们的心底有一段番薯的岁月，那岁月里永远有枪声时起时落。

由于有那样的童年，日后我在各地旅行的时候，便格外留心番薯的踪迹。我发现在我们所居的这张番薯形状的地图上，从最北角到最南端，从山坡上干瘠的石头地到河岸边肥沃的沙埔，番薯都能够坚强地、不经由任何肥料与农药而向四方生长，并结出丰硕的果实。

有一次，我在澎湖人迹已经迁徙的无人岛上，看到人所耕种的植物都被野草吞灭了，只有遍生的番薯还和野草争着方寸，在无情的海风烈日下开出一片淡红的晨曦颜色的花，而且在最深的土里，各自紧紧握着拳头。那时我知道在人所种植的作物之中，番薯是最强悍的。

这样想着，幼年屋前屋后的番薯花突然在脑中闪现，番薯花的形状和颜色都像牵牛花，唯一不同的是，牵牛花不论在篱笆上，在阴湿的沟边，都是抬头挺胸，仿佛要探知人世的风景；番薯花则通常是卑微地依着土地，好像在嗅着泥土的芳香。在夕阳将下之际，牵牛花开始萎落，而那时的番薯花却开得正美，淡红夕云一样的色泽，染满了整片土地。

正如父亲常说，世界上没有一种植物比得上番薯，它从头到脚都有用，连花也是美的。现在连台北最干净的菜场也卖有番薯叶子的青菜，价钱还颇不便宜。有谁想到这在乡间是最卑贱的菜，是逃难的时候才吃的？

在我居住的地方，巷口本来有一位卖糖番薯的老人，一个滚圆的大铁锅，挂满了糖渍过的番薯，开锅的时候，一缕扑鼻的香味由四面扬散出来，那些番薯是去皮的、长得很细小，却总像记录着什么心底

林　清　玄
散 文 精 选

的珍藏。有时候我向老人买一个番薯，散步回来时一边吃着，那蜜一样的滋味进了腹中，却有一点酸苦，因为老人的脸总使我想起在烽烟里奔走过的风霜。

老人是离乱中幸存的老兵，家乡在山东偏远的小县城。有一回我们为了地瓜问题争辩起来，老人坚持台湾的红心番薯如何也比不上他家乡的红瓤地瓜，他的理由是："台湾多雨水，地瓜哪有俺家乡的甜？俺家乡的地瓜真是甜得像蜜的！"老人说话的神情好像当时他已回到家乡，站在地瓜田里。看着他的神情，使我想起父亲和他的南洋，他在烽火中的梦，我乃真正知道，番薯虽然卑微，它却联结着乡愁的土地，永远在乡思的天地里吐露新芽。

父亲送我的红心番薯过了许久，有些要发芽的样子，我突然想起在巷口卖糖番薯的老人，便提去巷口送他，没想到老人改行卖牛肉面了，我说："你为什么不卖地瓜呢？"老人愕然地说："唉！这年头，人连米饭都不肯吃了，谁来买俺的地瓜呢？"我无奈地提番薯回家，把番薯袋子丢在地上，一个番薯从袋口跳出来，破了，露出其中的鲜红血肉。这些无知的番薯，为何经过卅年，心还是红的！不肯改一点颜色？

老人和父亲生长在不同背景的同一个年代，他们在颠沛流离的大时代里，只是渺小而微不足道的人，可能只有那破了皮的红心番薯才能记录他们心里的颜色；那颜色如清晨的番薯花，在晨曦掩映的云彩中，曾经欣欣地茂盛过，曾经以卑微的球根聚汇互相拥抱、互相温暖，他们之所以能卑微地活过人世的烽火，是因为在心底的深处有着故乡的骄傲。

站在阳台上，我看到父亲去年给我的红心番薯，我任意种在花盆中，放在阳台的花架上，如今，它的绿叶已经长到磨石子地上，甚至有的伸出阳台的栏杆，仿佛在找寻什么。每一丛红心番薯的小叶下都

长出根的触须，在石地板久了，有点萎缩而干枯了。那小小的红心番薯竟是在找寻它熟悉的土地吧！因为土地，我想起父亲在田中耕种的背影，那背影的远处，是他从芦苇丛中远远走来，到很近的地方，花白的发，冒出了苇芒。为什么番薯的心还红着，父亲的发竟白了。

在我十岁那年，父亲首次带我到都市来，我们行经一片被拆除公寓的工地，工地堆满了砖块和沙石；父亲在堆置的砖块缝中，一眼就辨认出几片番薯叶子，我们循着叶子的茎络，终于找到一株几乎被完全掩埋的根，父亲说："你看看这番薯，根上只要有土，它就可以长出来。"然后他没有再说什么，执起我的手，走路去饭店参加堂哥隆重的婚礼。如今我细想起来，那一株被埋在建筑工地的番薯，是有着逃难的身世，由于它的脚在泥土上，苦难也无法掩埋它，比起这些种在花盆中的番薯，它有着另外的命运和不同的幸福，就像我们远离了百年的战乱，住在看起来隐秘而安全的大楼里，却有了失去泥土的悲哀——伊娘咧！你竟住在无土的所在。

星空夜静，我站在阳台上仔细端凝盆中的红心番薯，发现它吸收了夜的露水，在细瘦的叶片上，片片冒出了水珠，每一片叶都沉默地小心地呼吸着。那时，我几乎听到了一个有泥土的大时代，上一代人的狂歌与低吟都埋在那小小的花盆，只有静夜的敏感才能听见。

白雪少年

　　我小学时代使用的一本中文字典,被母亲细心地保存了十几年,最近才从母亲的红木书柜里找到。那本字典被小时候粗心的手指扯掉了许多页,大概是拿去折纸船或飞机了,现在怎么回想都记不起来,由于有那样的残缺,更使我感觉到一种任性的温暖。

　　更惊奇的发现是,在翻阅这本字典时,找到一张已经变了颜色的"白雪公主泡泡糖"的包装纸,那是一张长条的鲜黄色纸,上面用细线印了一个白雪公主的面相,如今看起来,公主的图样已经有一点粗糙简陋了。至于如何会将白雪公主泡泡糖的包装纸夹在字典里,更是无从回忆。

　　到底是在上语文课时偷偷吃泡泡糖夹进去的,是夜晚在家里温书吃泡泡糖夹进去的,还是有意地保存了这张包装纸呢,翻遍语文字典也找不到答案。记忆仿佛自时空遁去,渺无痕迹了。

　　唯一记得的倒是那一种旧时乡间十分流行的泡泡糖,是粉红色长方形十分粗大的一块,一块需五毛钱。对于长在乡间的小孩子,那时的五毛钱非常昂贵,是两天的零用钱,常常要咬紧牙根才买来一块,一嚼就是一整天,吃饭的时候把它吐在玻璃纸上包起,等吃过饭再放到口里嚼。

父亲看到我们那么不舍得一块泡泡糖，常生气地说："那泡泡糖是用脚踏车坏掉的轮胎做成的，还嚼得那么带劲！"记得我还傻气地问过父亲："是用脚踏车轮做的？怪不得那么贵！"惹得全家人笑得喷饭。

说是"白雪公主泡泡糖"，应该是可以吹出很大气泡的，却不尽然。吃那泡泡糖多少靠运气，记得能吹出气泡的大概五块里才有一块，许多是硬到吹弹不动，更多的是嚼起来不能结成固体，弄得一嘴糖沫，赶紧吐掉，坐着伤心半天。我手里的这一张可能是一块能吹出大气泡的包装纸，否则怎么会小心翼翼地夹做纪念呢？

我小时候并不是很乖巧的那种孩子，常常为着要不到两毛钱的零用就赖在地上打滚，然后一边打滚一边偷看母亲的脸色，直到母亲被我搞烦了，拿到零用钱，我才欢天喜地地跑到街上去，或者就这样跑去买了一个"白雪公主"，然后就嚼到天黑。

长大以后，再也没有在店里看过"白雪公主泡泡糖"，都是细致而包装精美的一片一片的"口香糖"；每一片都能嚼成形，每一片都能吹出气泡，反而没有像幼年一样能体会到买泡泡糖靠运气的心情。偶尔看到口香糖，还会想起童年，想起嚼"白雪公主"的滋味，但也总是一闪即逝，了无踪迹。直到看到语文字典中的包装纸，才坐下来顶认真地想起白雪公主泡泡糖的种种。

如果现在还有那样的工厂，恐怕不再是用脚踏车轮制造，可能是用飞机轮子了——我这样游戏地想着。

那一本母亲珍藏十几年的语文字典，薄薄的一本，里面缺页的缺页、涂抹的涂抹，对我已经毫无用处，只剩下纪念的价值。那一张泡泡糖的包装纸，整整齐齐，毫无毁损，却宝藏了一段十分快乐的记忆；使我想起真如白雪一样无瑕的少年岁月，因为它那样白那样纯净，几乎所有的事物都可以涵容。

林　清　玄
散 文 精 选

那些岁月虽在我们的流年中消逝，但借着非常非常微小的事物，往往一勾就是一大片，仿佛是草原里的小红花，先是看到了那朵红花，然后发现了一整片大草原，红花可能凋落，而草原却成为一个大的背景，我们就在那背景成长起来。

那朵红花不只是白雪公主泡泡糖，可能是深夜里巷底按摩人幽长的笛声，可能是收破铜烂铁老人沙哑的叫声，也可能是夏天里卖冰淇淋小贩的喇叭声……有一回我重读小学时看过的《少年维特的烦恼》，书里就曾夹着用歪扭字体写成的纸片，只有七个字："多么可怜的维特"！其实当时我哪里知道歌德，只是那七个字，让我童年伏案的身影整个显露出来，那身影可能和维特是一样纯情的。

有时候我不免后悔童年留下的资料太少，常想："早知道，我不会把所有的笔记簿都卖给收破烂的老人。"可是如果早知道，我就不是纯净如白雪的少年，而是一个多虑的少年了。那么丰富的资料原也不宜留录下来，只宜在记忆里沉潜，在雪泥中找到鸿爪，或者从鸿爪体会那一片雪。

这样想时，我就特别感恩着母亲。因为在我无知的岁月里，她比我更珍视我所拥有过的童年，在她的照相簿里，甚至还有我穿开裆裤的照片。那时的我，只有父母有记忆，于我是完全茫然了，就像我虽拥有白雪公主泡泡糖的包装纸，那块糖已完全消失，只留下一点甜意——那甜意竟也有赖母亲爱的保存。

在人生里跑龙套实是无可如何的事,但我们是龙套人物也无妨,只要跑时聚精会神,不因为人微言轻台词稀少而堕落,也就够了。万一运气来了,总也有熬成主角的一天。

槟榔西施

我服兵役的时候，部队驻在湖口，营区前面有一条小街，就在这条小街上住了许多的西施。

剃头店的小姑娘叫"理发西施"，卖豆腐的小姐叫"豆腐西施"，水饺店的北方小姐叫"水饺西施"，水果店的台湾少女则是"冰店西施"，真是到了十步芳草的地步。

所谓西施也者，应该具备一些条件，一是女人，二是未婚，三是具有三分五分或两分一分的姿色，当兵的少年没有什么挑剔，一律称为西施。大家习以为常，被叫西施的少女也都笑嘻嘻地接受了。

但是仔细在那街头走一回，就会知道如果西施长那样子，吴越争战的历史就一定要改写了。回头想想，大家那样兴高采烈地叫着西施，实在有助于人情世界的亲和力，也给枯燥的生活带来了欢喜。

那条街上最够资格叫"西施"的，是我们叫"槟榔西施"的小姑娘，她不是特别的美，却非常白净清纯，她也不是特别出色，对人却非常亲切，我们时常坐在河沟的这边，望着对岸街角的槟榔西施出神了。那种美是仿佛没有一切尘世的染着才有的，是乡村草野里一朵清晨的姜花，散放着清凉的早春独有的香气。

那时的槟榔西施是高中二年级的少女。

林 清 玄
散 文 精 选

  后来，我因教育召集而回到了往年的营地，十几年过去了，最幸运的是还能遇到"槟榔西施"，她已经是两个孩子的肥胖母亲，听说有一段时间她嫁到都市，因被遗弃而回到了故居。不再有人叫她"槟榔西施"，而变成"槟榔嫂仔"了。

  当我说："你不是槟榔西施吗？"

  她点头也不是，摇头也不是，脸上有惆怅而复杂的表情，那表情写的不是别的，正是岁月的沧桑。

  原本不是太美的这位西施，由于沧桑的侵蚀，也失去了她原有的白净清纯的质地，好像被用来盛腌渍食物的瓷器，失去了它白玉一样的光泽。

  走过去的时候，我想着：人如果不能保持青春之美，也应该坚持自己的纯净。

仙堂戏院

仙堂戏院成立有三十多年了，它的传统还没有被忘记，就是每场电影散戏的前十五分钟，打开两扇木头大门，让那些原本只能在戏院门口探头探脑的小鬼一拥而入，看一个电影的结局。

有时候回乡，我就情不自禁散步到仙堂戏院那一带去，附近本来有许多酒家茶室，由于经济情况改变均已萧条不堪，唯独仙堂戏院的盛况不减当年。所谓盛况指的不是它的卖座，戏院内的人往往三三两两坐不满两排椅子；指的是戏院外等着捡戏尾仔的小学生，他们或坐或站着聆听戏院深处传来的响声，等待那看门的小姐推开咿呀的老旧木门，然后就像麻雀飞入稻米成熟的田中，那么急切而聒噪。

接着展露在眼前的是电影的结局，大部分的结局是男女主角历尽千辛万苦终于好事成双；或者侠客们终于报了滔天的大仇骑白马离开田野；或者离乡多年的游子奋斗有成终于返回家乡……有时候结局是千篇一律的，但不管多么类似，对小学生来说，总像是历经寒苦的书生中了状元，象征了人世的完满。

等戏院的灯亮就不好玩了，看门的小姐会进来清理门户，把那些还留恋不走的学生扫地出门。因为常常有躲在厕所里的，躲在椅子下的，甚至躲在银幕后面的小孩子，希望看前面的开场和过程，这种

林　清　玄
散　文　精　选

"阴谋"往往不能得逞，不管躲在哪里，看门小姐都能找到，并且拎起衣领说："散戏了，你还在这里干什么？下一场再来。"问题是，下一场的结局仍然相同，有时一个结局要看上三五次。

纵然电视有再大的能耐，电影的魅力是永远不会消失的。从那些每天放学不直接回家，要看过戏尾才觉得真正放学的孩子脸上，就知道电影不会被取代。

在我成长的小镇里，原本有两家戏院，一家在电视来临时就关闭了，仙堂戏院因此成为唯一的一家。说起仙堂戏院的历史，几乎是小镇娱乐的发展史，它在台湾刚光复的时候就成立了，在开始的时候，听长辈说，是公演一些大陆的黑白影片，偶尔也有卓别林穿梭其间，那时的电影还没有配音，但影像有时还不能使一般人了解剧情，因此产生出一种行业叫"讲电影的"。小镇找不到适当人选，后来请到妈祖庙前的讲古先生。

讲古先生心里当然是故事繁多，不及备载，通常还是有着天马行空的想象力。电影上演的时候，他就坐在银幕旁边，拉开嗓门，凭他的口才和想象力，为电影强作解人。他是中西文化无所不能，什么电影到他手中就有了无限天地，常使乡人产生"说得比演得好"，浑然忘记是看电影，以为置身于说书馆。

讲古先生也不是万般皆好，据我的父亲说，他往往过于饶舌而破坏气氛。譬如看到一对男女情侣亲吻时，他会说："现在这个查埔要亲那个查某，查某眼睛闭了起来，我们知道伊要亲伊了，喔，要吻下去了，喔，快吻到了，喔吻了，这个吻真长，外国郎吻起来总是很长的。吻完了，你看那查某还长长吸一口气，差一点就窒息了……"弄得本来罗曼蒂克的气氛变得哄堂爆笑。由于他对这种场面最爱形容，总受到家乡长辈"不正经"的责骂。

说起来，讲古先生是不幸的。他的黄金时光非常短暂，当有声电

影来到小镇，他就失业了；回到妈祖庙讲古也无人捧场，双重失业的结果，乃使他离开小镇，不知所终。

有声电影带来了日本片的新浪潮，像《黄金孔雀城》《里见八犬传》《蜘蛛巢城》《流浪琴师》《宫本武藏》《盲剑客》《日俄战争》《山本五十六》等等，都是我幼年记忆里深埋的故事。那时我已经是仙堂戏院的常客，天天去捡戏尾不在话下，有时贪看电影，还会在戏院前拉拉陌生人的裤角，央求着："阿伯仔，拜托带我进场。"

那时戏院没有儿童票，小孩只要有大人拉着就免费入场，碰到讨厌的大人就自尊心受损，但我身经百战，锲而不舍，往往要看的电影就没有看不成的。偶尔运气特别坏，碰不到一个好大人，就向看门的小姐撒娇，"阿姨、婶婶"不绝于口，有时也达到目的。如今想起来也不知为什么当时有那么厚的脸皮，如果有人带我看戏，叫我唤一声阿公也是情愿的。

日本片以后，是刀剑电影，我们称之为"剑光片"。看过的电影不甚记得，依稀好像有《六指琴魔》《夺魂旗》《目莲救母》《火烧红莲寺》等等，最记得的是萧芳芳，好像什么电影都有她。侠女扮相是一等一的好，使我对萧芳芳留下美好的印象；即使后来看到她访问亚兰德伦颇失仪态，仍然看在童年的面子上原谅了她。

那时的爱看电影，到了如醉如痴的地步，时常到仙堂戏院门口去偷撕海报。有时月黑风高，也能偷到几张剧照，后来看楚浮的自传性电影，知道他也有偷海报、剧照的癖好，长大后才成为世界一级的大导演，想想当年一起偷海报的好友，如今能偶尔看看电影已经不错，不禁大有沧海桑田之叹。

好景总是不常，有一阵子电影不知为何没落，仙堂戏院开始"绑"给戏班子演歌仔戏和布袋戏。这些戏班一绑就是一个月，遇到好戏，也有连演三个月的，一直演到看腻为止。但我是不挑戏的，不

林　清　玄

散　文　精　选

管是歌仔戏、布袋戏，或是新兴的新剧，我仍然日日报到，从不缺席。有时到了紧要开头，譬如岳飞要回京，薛平贵要会王宝钏了，祝英台要死了，孔明要斩马谡了，那是生死关头不能不看，还常常逃课前往。最惨的一次是学校月考也没有参加，结果比岳飞挨斩还凄惨，屁股被打得肿到一星期坐不上椅子，但还是每天站在最后一排，看完了《岳飞传》。

歌仔戏、布袋戏虽好，然而仙堂戏院不再演电影总是美中不足的事，世界为之单调不少。

到我上初中的时候，是仙堂戏院最没落的时期，这时电视有了彩色，而且颇有家家买电视的趋势。乡人要看的歌仔戏、布袋戏，电视里都有；要看的电影还不如连续剧引人；何况这电视是免费的！最后这一点对勤俭的乡下人最重要。还有一点常被忽略的，就是能常进戏院的到底是少数，看完好戏没有谈话共鸣的对象是非常痛苦的。看电视则皆大欢喜，人人共鸣，到处能找人聊天，谈谈杨丽花的英气勃勃，史艳文的文质彬彬，唉，是多么快意的事！仙堂戏院为此失去了它的观众，戏院的售票小姐常闲得捉苍蝇打架，老板只好另谋出路。先是演电影里面来一段插片，让乡人大开眼界，一致哄传，确实乡人少见妖精打架，戏院景气回升不少。但妖精打来打去总是一回事，很快又失去拥护者。

"假的不行，我们来真的！"戏院老板另谋新招，开始演出大腿开开的歌舞团，一时之间人潮汹涌，但看久了也是同一回事，仙堂戏院又养麻雀了，干脆"整修内部，暂停营业"。后来不知哪来的灵感，再开业时广告词是"美女如云、大腿如林的超级大胆歌舞团，再加映香艳刺激，前所未见的美国电影"，企图抢杨丽花的码头。

结局仍是天定——一鼓作气，再而衰，三而竭，仙堂戏院似乎走到绝路了。再多的美女大腿都回天乏术。

到我离开小镇的时候，仙堂戏院一直是过着黯淡的时光，幸而几年以后，观众发现电视的千篇一律其实也和歌舞团差不多，又纷纷回到仙堂戏院的座位上看"奥斯卡金像奖"或"金马奖"的得奖电影——对仙堂戏院来说，也算是天无绝人之路了。到这时，捡戏尾的小学生才有机会重进戏院。有几乎十年的时间，父老乡亲全不准小儿辈去仙堂戏院，而歌舞团和插片也确乎没有戏尾可捡。

三十几年过去了，仙堂戏院外貌改变了，竹做的长板条被沙发椅取代，洋铁皮屋顶成了钢筋水泥，铁铸大门代替呀呀的木门，处处显示了它的历史痕迹。

最好的两个传统被留下来，一是容许小孩子去捡戏尾；二是失窃海报、剧照不予追究；这样的三十年过去了，人情味还留着芬芳。

我至今爱看电影、爱看戏，总喜欢戏的结局圆满，可以说是从仙堂戏院开始的。而且我相信一直下去，总有一天，吾乡说不定出现一个楚浮，那时即使丢掉万张海报也都有了代价 ——这也是我对仙堂戏院一个乐观的结局。

采更多雏菊

> 不可以一朝风月，昧却万古长空；不可以万古长空，不明一朝风月。
>
> —— 善能禅师

有一个八十五岁的年老的女人被问到："如果你必须再来一次，你要怎么生活？"那个老女人说："如果我能够再活一次，下一次我一定对更少的事情采取严肃的态度，我一定要放松，我一定要使自己更柔软灵活，我一定敢去犯更多的错误，我一定要冒更多的险，我一定要做更多旅行，我一定要爬更多山，渡更多河；我一定要吃更多冰淇淋，更少豆子……

"我是一个去到每一个地方都要带温度计、热水瓶、雨衣和降落伞的人，如果我可以再来一次，我一定要比这一生携带更轻的装备旅行……

"我是一个每天、每小时都过得很明智、很理性的人。我只享受过某些片刻，如果我要再来一遍，我一定享受更多的片刻，我一定不要其他什么东西，只要尝试那些片刻，一个接一个，而不要每天都活

在未来的几年之后。

"如果我必须再活一次,我一定要在更初春就开始打赤脚,然后一直维持到深秋。我一定要跳更多的舞,我一定要坐更多的旋转木马,我一定要采更多的雏菊。"

这是印度修行者奥修在《般若心经》里讲的一个故事,接着他做了这样的评述:"尽可能尽兴地去过这个片刻,不要太理智,因为太理智导致不正常,让一些疯狂存在你心里,那会给予生命热情,使生活更加充满朝气,让一些无理性一直存在,那会使你能够游戏,使你能够有游戏的心情,那会帮你放松,一个理智的人完全停留在头脑里,他没有办法从头脑下来,他生活在楼顶上。你要到处都能生活,这是你的家,楼顶上,很好!一楼,非常好!地下室,也很美!到处都能生活,这是你的家。我要告诉这个年老的女人:不要等到下一次,因为下一次永远不会来临,因为你会丧失前世的记忆,同样的事情又会再度发生。"

我们在生活里通常会遇到类似的问题:"如果你再活一次!""如果再从头开始!"大部分人的经验都是充满遗憾的,希望下一生能够弥补（如果真有下一生的话）,极乐世界或者天堂正因为这种弥补而得以形成。只有极少数人知道,下一世是渺茫的寄托,不如从此刻做起。这些人使我们知道世界有更活泼的风景,我就认识好几位到了老年才立志做艺术家的;我也认识几位七十岁才到小学读补校的老人。

最近,我遇到一位七十五岁的老人,他热爱旅行,他的朋友时常劝阻他,因为担心他会死在路上,他说:"死在路上也是很好的事。"不久前,他到大陆旅行,生了一场大病,上吐下泻,别人又劝告他,他说:"陌生的旅途,总有不可预料的事,在那里生病总比没去过好!"

每次看到这样用心生活在当下的人,都使我有甚深的感悟。

我们的生命是由许多片刻所组成的,但是我们容易在青少年时代

129

林 清 玄
散 文 精 选

活在未来，在中老年时代沦陷于过去。真正融入片刻，天真无伪生活的只有童年的时代了。禅者的生活无他，只是保持在片刻的融入罢了，活在当下，活在眼前，活在现成的世界。

因此，我们对生命如果还有未完成的期盼，此刻就要去融入它，不要寄望于渺茫的来生，活在一个又一个的片刻里，到死前都保有向前的姿势，只要完全融入一个纯粹天真的片刻，那也就够了。有很多人活在过去与未来的交错、预期、烦恼之中。从来没有进入过那个片刻呢！

我们来看奥修在片刻上怎么说："你不要等到下次，抓住这个片刻，这是唯一存在的时间，没有其他时间。即使你是八十五岁，你也可以开始生活，当你是八十五岁，你还会有什么损失吗？如果你春天打赤脚在沙滩上，如果你搜集雏菊，即使你死于那些事，也没什么不对。打赤脚死在沙滩上是正确的死法，为搜集雏菊而死是正确的死法，不管你是八十五岁或十五岁都没有关系，抓住这个片刻！"

寒梅着花未？

终于过了三十岁生日。那一天，我独自开车到台北近郊的八里乡去，八里乡有一个临着海口的弯道，在冬日的雾气里美丽而古典。右边海的湛蓝在东北季风的吹袭下，浪花用力拍击着岩岸，发出崩天裂云的嘶嘶声；左近的山壁葱葱绿绿地长出各色花草，人在其中情绪十分复杂，山给我们的壮怀与海给我们的远志在抬眼眺望的时刻，交织成一幅充满梦想的视景。

八里的海湾是我常去的地方，那里几乎没有人迹，只偶尔呼啸而过几辆疾驰的货车，让人蓦地觉到人的脚迹真是无远弗届；这个地方在秋天的时候常常有孤鹰出入，在天空中缓缓盘旋，运气好的话会看到飞翔很久的鹰突然落脚在山顶的枝丫上，睁着巨眼遥望海口，顺着海势而去，也许可以看到尽处的蓝天吧！

渔船也是美的，它是生活与搏斗得来的美，从高处看，它顺着浪头在海中一起一落一起一落，连渔民弯腰捕鱼的姿影都清晰可见。我是经常想到渔民辛苦的人，可是想到他们每天在波涛大浪中涌动的生活，应该也会油然兴起宇宙苍茫浩大的情思吧！八里最美的还不是那个海湾，而是到八里的路上有一段种了许多杜鹃花，有红、有白、有紫，生得零乱错综，不像是人有意种上去的。杜鹃正好在山道的临沿，

林清玄
散文精选

每次我路过总是把车速放慢，看早春的杜鹃在空静的山中绽放。杜鹃是有色无香的花，可是不知道为什么车子经过时会从车窗飘进来一阵淡淡的香气，原来，目见的美色也会刺激我们的嗅觉，好像三十年往事一幕幕浮现时，竟能嗅闻出当时的味道一般。

这一次我去八里，路经那一段杜鹃花道，杜鹃已经开得很盛，有许多刚凋谢的花铺在马路上，鲜新的颜色还未褪去，车子的风过，花魂就向两旁溅飞起来，到远一点的地方才落下，逝去的花有逝去的美，被惊起的花魂也像蝴蝶一样有特别的姿势。

长在枝丫上的杜鹃虽好看，但总觉得拥挤，它们抢着在春天来时开成枝头第一株，于是我们感觉杜鹃花不是一朵朵，而是一群群，等到它们落了散居在地面，才看清原来每一朵都有不同的面貌。

对我而言，往事也如是，处在进行的时刻，很难把每一件事检点出来，看出它的前因后果，因为每一件往事都牵连着另一件，交织成一片未曾消逝。等往事经过了，我随手一捞，竟像谢去的杜鹃，每一段都能整理出一个完整的面貌，有许多颜色还清新如昔。

我走在八里海边上，仰起头来散步，想起自己过去三十年的生命历程，有一种感觉，好像一篇已经印刷出版的文章，里面大部分是畅顺的，可是有许多地方分段分错了，还有许多地方逗点和句号摆错地方，想修改重新来过，已经无能为力了。

快黄昏的时候，海上突然下起雨来，我看着海面上的雨线一直向海岸逼近，才一晃眼，雨已经逼到身侧，愈下愈大，很快我就被淋湿了，想起年少时代喜欢下雨，这时淋到雨竟有一些无可奈何的心境。

回程的时候，路过杜鹃花道，本来在路上的花魂被雨淋过，被车辗过，都成为五颜六色的尘泥，贴黏在地上。我下了车，在微雨的黄昏中看那些花，不禁看得痴了，花儿有知，知道年年春天的兴谢，知道美丽的盛放后就是满地的尘泥，不晓得会有何感叹？

到家的时候已是黑夜了,妻子与朋友为我准备了生日盛宴,人声笑语正从院落中热闹的传出来,我看到院子的梅花还开着,不觉心情一松——有谢了的花,总有新的花要开起。

然而,人过了而立之年,如果是一株寒梅,是不是到开花结实的时候了呢?

童年的自己

> 昔人去时是今日，今日依前人不来；今既不来昔不往，白云流水空徘徊。
>
> ——黄龙祖心禅师

不久前返乡陪母亲整理儿时的照片，看到一张里面有我的照片，认了半天竟认不出自己是哪一个。那是因为我们家依大排行，兄弟就有十四个之多，年纪相差极微，长相也接近，以致连自己都看不出小时候的"我"了。

拿去问母亲，她戴起老花眼镜端详了有一会儿，说："我也看不出哪一个是你呢！"然后她指着照片里理光头站在一起一般高的三个毛孩子说："应该是这三个其中的一个。"母亲抬起头来看看我，再看看照片，感慨地说："经过三十年，真的认不出来了呢！"

我拿着照片，从房间走到门口廊下有阳光的地方去看，想确定哪一个是真正的我，仍然没有结果，使我坐在摇椅上发呆了。正好哥哥姊姊回来，我问他们说："来看看哪一个是小时候的我？"

哥哥指出是右边的那个，他的理由是我的额头是家族中最大的，

那个头最大的应该是我。姊姊的意见不同,她认为是左边的那个,理由是我是家中男孩皮肤最白的,所以那最白的是我。奇怪的是,我觉得中间的那个小孩最像我,因为看起来忧郁而害羞,我小时候的个性正是那样。我们正在讨论的时候,弟弟跑出来,说:"哪一个是你都没有关系,因为都过去了,赶快进来吃饭吧!"念小学五年级的侄儿听到热闹也跑来,大笑说:"哈!哈!叔叔连哪一个是自己都分不清呢!真好笑。"

是呀!为什么经过了三十年的时间,连自己是哪一个也分不清呢?长夜里,坐在我幼时的书桌前,想到人的变化实在很大,例如住在乡下的时日,偶尔会遇到小学同学,如果不互报姓名,几乎无从分辨。站在生命的恒河岸边,我们的身心有如河水,是不停地向前流去的,是每一刻都在变化的,我们唯一可以确定的是,那不断变化的外表中,我还知道有一个我并未失去,其他的 —— 例如我的身体一早就流逝了。

这就使我想起《华严经》的"菩萨开明品"中说的:"分别观肉身,此中谁是我,若能如是解,彼达我有无。此身假安立,往处无方所,谛了是身者,于中无所着。于身善观察,一切皆明见,知法皆虚妄,不起心分别。"

我们的身体看起来是那样真实明确,实际上是无时不在变灭的,我们对于身体的执著,往往使我们失去明察,如果能看到身心的虚妄,就不会起分别心,也不会执著了。

在《华严经》的"十行品"里也说:"菩萨观去来今一切众生所受之身,寻即坏灭,便作是念:奇哉!众生愚痴无智于生死内受无数身,危脆不停,速归坏灭,若已坏灭,若今坏灭,若当坏灭而不能以不坚固身,求坚固身。"

"不坚固身"正是我们的这个皮囊,它过去的已经坏灭,现在的

林　清　玄
散　文　精　选

在坏灭之中，将来必然也会坏灭。"坚固身"就是"圣身"和"清净身"，是那个我们把肉身还诸天地，尚存的那个真实的自我，一般人执著于肉身，因此难以体验不可见及的真身、常身、空身、慧身、金刚不坏之身。

如何来看待我们变化的肉身，才能趋入真谛呢？佛陀教我们要常做"四念住"，就是把心念集中在四件事情的观照上，一是观身不净，二是观受是苦，三是观心无常，四是观法无我。身、受、心、法虽然有所不同，仍是相通的，可以说是"四境合缘"，以身体来说，身体既是不净，也是苦痛、又是无常，更是无我的。一个人如果能时时如是观察，就可以趋入善根、趋入苦、集、灭、道的四圣谛。

我们的身体犹如飞花落叶，转眼成泥，融化于天地之间，可叹息的是我们常见于花叶的旋舞，反而少见树木埋在土中的根本，修习禅道的人就是要善观于相，在飞花落叶之中不沉不没，在肉身坏灭的进程中不动不摇，如实地观察根本实相。

因此，禅宗的祖师常举公案叫学人参"念佛是谁"，"打坐是谁"，"无明烦恼者是谁"，若能参详出那个"谁"，佛性也就呼之欲出了。

最近又要换季，在整理冬装的时候，发现比去年胖了一些，有的衣服又不能穿了，想到不知道要不要减肥来穿这些衣服，心里不禁感慨，我们的身体也是年年在更换的衣服，只是一般人不能见及罢了。

唉唉！假如我在路上突然遇到了十岁时的自己，恐怕也会错身而过，认不出自己了。

呵！哪一个是学人自己？参！

跑龙套的时代

遇到一位在平剧学校教书的老师,他说:"所有舞台上的大明星都是从跑龙套开始的,可惜,到后来他们都忘了跑龙套的日子,以为自己是天生的大明星。"

他又说:"在舞台上,主角总是最少的,大部分的人都在跑龙套。我们的实际人生何尝不是这样呢?人人都是在跑龙套,那真正的主角只有一两位。"

关于龙套,他还有一个心得:"凡是当主角的人,都是在跑龙套时聚精会神、努力跑龙套的人。那些跑龙套时随随便便的,你几乎可以确定地说:这个人永远不可能当主角。"

"跑龙套跑久了,确实会令一个有可能造就的人堕落,但那些后来出头的人就是长期跑龙套也不会堕落的。"

听了这一大套龙套的哲学,真是给人带来极大的启示,所谓"戏台里有人生"正是如此,其实生在这个时代,也可以说是"龙套的时代",因为真正的主角确实很少,而大部分的主角也不是绝对的主角,时迁势移之后,主角可能再变成为龙套,甚至有的连戏台也上不去了。

从更大的层面来说,戏台上的主角何尝不也是时间与环境造就出来的龙套呢？能看透这一点，才是探触到"这是跑龙套的时代"的本质所在。

例如，最近社会上有两起极受重视的换角事件，一是某大汽车公司的总经理临时被阵前换将，使得这位人人敬佩的经营家失去了自己的舞台。一是某大家电业者的"家变"，曾经冲锋陷阵、被视为家族中最有才华的总经理，被家族斗出舞台之外，失去了舞台。

舞台的失去是对长期做主角的人最严重的打击，因此，我们看到这两位大众人物黯然落泪离开岗位的情景。从这里，一般人可以领悟到：世间没有永远提供自己演出的舞台，项羽在乌江失去了舞台，但刘邦何尝有过动人的演出呢？

大人物有大舞台，但也演出较大的悲剧；小人物只有小舞台，演出一些较小的悲剧，这是人生的真情实景。如果我们做个观众，可以清楚看见大舞台的大英雄，往往在戏的最高潮，就要等待落幕了。

在人生里跑龙套实是无可如何的事，但我们是龙套人物也无妨，只要跑时聚精会神，不因为人微言轻台词稀少而堕落，也就够了。万一运气来了，总也有熬成主角的一天。

熬成主角的时候，千万不要忘了过去跑龙套的日子，要知道再辉煌的戏码也会过去，这样，不管是当主角，跑龙套，甚至失去了舞台，都会坦然自在。

一个人要当自己的主角，只有在看清楚整个舞台的流变才有可能，你看，那戏台上扮皇帝、扮乞丐的不是同一个人吗？他不是一样演得很起劲吗？

发芽的心情

有一年，我在武陵农场打工，为果农收成水蜜桃与水梨。那时候是冬天了，清晨起来要换上厚重的棉衣，因为山中的空气格外有一种清澈的冷，深深地呼吸时，凉沁的空气就涨满了整个胸肺。

我住在农人的仓库里，清晨挑起箩筐到果园子里去，薄雾正在果树间流动，等待太阳出来时往山边散去。在薄雾中，由于枝丫间的叶子稀疏，可以清楚地看见那些饱满圆熟的果实，从雾里浮凸出来，青鲜的还挂着夜之露水的果子，如同刚洗过一个干净的澡。

雾掠过果树，像一条广大的河流般，这时阳光正巧洒下满地的金线，果实的颜色露出来了，梨子透明一般，几乎能看见表皮内部的水分。成熟的水蜜桃有一种粉状的红，在绿色的背景中，那微微的红如鸡心石一样，流动着一棵树的血液。

我最喜欢清晨曦光初见的时刻。那时一天的劳动刚要开始，心里感觉到要开始劳动的喜悦，而且面对一片昨天采摘时还青涩的果子，经过夜的洗礼，竟已成熟了，可以深切地感觉到生命的跃动，知道每一株果树全有着使果子成长的力量。我小心地将水蜜桃采下，放在已铺满软纸的箩筐里，手里能感觉到水蜜桃的重量，以及那充满甜水的内部质地。捧在手中的水蜜桃，虽已离开了它的树枝，却像一株果树

林清玄
散文精选

的心。

采摘水蜜桃和梨子原不是粗重的工作，可是到了中午，全身大致已经汗湿，中午冬日的暖阳使人不得不脱去外面的棉衣。这样轻微的劳作为何会让人汗流浃背呢？有时我这样想着。后来找到的原因是：水蜜桃与水梨虽不粗重，但它们那样容易受伤，非得全神贯注不可——全神贯注也算是我们对大地生养的果实一种应有的尊重吧！

才一个月的时间，我们差不多把果园中的果实完全采尽了，工人们全散工转回山下，我却爱上那里的水土，经过果园主人的准许，答应让我在仓库里一直住到春天。能够在山上过冬是我意想不到的事，那时候我早已从学校毕业，正等待着服兵役的集会，由于无事，心情差不多放松下来了。我向附近的人借到一副钓具，空闲的时候就坐着嘈嘈的客运车，到雾社的碧湖去徜徉一天，偶尔能钓到几条小鱼，通常只是看饱了风景。

有时候我坐车到庐山去洗温泉，然后在温泉岩石上晒一个下午的太阳；有时候则到比较近的梨山，在小街上散步，看那些远从山下来赏冬景的游客。夜间一个人在仓库里，生起小小的煤炉，饮一壶烧酒，然后躺在床上，细细地听着窗外山风吹过林木的声音，才深深觉得自己是完全自由的人，是在自然与大地工作过、静心等候春天的人。

采摘过的果园并不因此就放了假，果园主人还是每天到园子里去，做一些整理剪枝除草的工作，尤其是剪枝，需要长期的经验和技术，听说光是剪枝一项，就会影响了明年的收成。我四处游历告一段落，有一天到园子去帮忙整理，我目见的园中景象令我大大的吃惊。因为就在一个月前曾结满累累果实的园子此时全像枯去了一般，不但没有了果实，连过去挂在树枝尾端的叶子也都凋落净尽，只有一两株果树上，还留着一片焦黄的在风中抖颤的随时要落在地上的黄叶。

园子中的落叶几乎铺满，走在上面窸窣有声，每一步都把落叶踩

裂，碎在泥地上。我并不是不知道冬天树叶会落尽的道理，但是对于生长在南部的孩子，树总是常绿的，看到一片枯树反而觉得有些反常。

我静静地立在园中，环目四顾，看那些我曾为它们的生命、为它们的果实而感动过的果树，如今充满了肃杀之气，我不禁在心中轻轻地叹息起来。同样的阳光、同样的雾，却洒在不同的景象之上。

曾经雇用我的主人，不能明白我的感伤，走过来拍我的肩，说："怎么了？站在这里发呆？""真没想到才几天的工夫，叶子全落尽了。"我说。"当然了，今年不落尽叶子，明年就长不出新叶了，没有新叶，果子不知道要长在哪里呢！"园主人说。

然后他带领我在园中穿梭，手里拿着一把利剪，告诉我如何剪除那些已经没有生长力的树枝。他说那是一种割舍，因为长得太密的枝干，明年固然能结出许多果子，但一棵果树的力量是一定的，太多的树枝可能结出太多的果，但会使所有的果都长得不好，经过剪除，就能大致把握明年的果实。我虽然感觉到那对一棵树的完整有伤害，但一棵果树不就是为了结果吗？为了结出更好的果，母株总要有所牺牲。

我看到有的拇指粗细的枝干被剪落，还流着白色的汁液，我问："如果不剪枝呢？"

园主人说："你看过山地里野生的芭乐吗？它的果子会一年比一年小，等到树枝长得太盛，根本就不能结果了。"

我们在果园里忙碌地剪枝除草，全是为了明年的春天做着准备。春天，在冬日的冷风中感觉起来是十分遥远的日子，但是当拔草的时候，看到那些在冬天也顽强抽芽的小草，似乎春天就在那深深的土地里，随时等候着涌冒出来。

果然，让我们等到了春天。

其实说是春天还嫌早，因为气温仍然冰冷一如前日。我到园子去的时候，发现果树像约定好的一样，几乎都抽出绒毛一样的绿芽，那

林清玄
散文精选

些绒绒的绿昨夜刚从母亲的枝干挣脱出来，初面人世，每一片都绿得像透明的绿水晶，抖颤地睁开了眼睛。我看到尤其是初剪枝的地方，芽抽得特别早，也特别鲜明，仿佛是在补偿着母亲的阵痛。我在果树前深深地受到了感动，好像我也感觉了那抽芽的心情。那是一种春天的心情，只有在最深的土地中才能探知。

我无法抑制心中的兴奋与感动，每天第一件事就是跑去园子，看那些喧哗的芽一片片长成绿色的叶子，并且有的还长出嫩绿的枝丫，逐渐在野风中转成褐色。有时候，我一天去看过好几次，感觉黄昏的落日里，叶子长得比当日黎明要大得多。那是一种奇妙的观察，确实能知道春天的讯息。春天原来是无形的，可是借着树上的叶、草上的花，我们竟能真切地触摸到春天！冬天与春天不是天上的两颗星那样遥远，而是同一株树上的两片叶子，那样密结地跨着步。

我离开农场的时候，春阳和煦，人也能感觉到春天的肤触了。园子里的果树也差不多长出整树的叶子，但是有两株果树却没有发出新芽，枝丫枯干，一碰就断落，它们已经在冬天里枯干了。

果园的主人告诉我，每一年过了冬季，总有一些果树就那样死去了，有些当年还结过好果的树也不例外，他也想不出什么原因，只说："果树和人一样也有寿命的，短寿的可能未长果就夭折，有的活了五年，有的活了十几年，真是说不准的。奇怪的是，果树的死亡真没有什么征兆，有的明明果子长得好好的，却就那样地死去了……"

"真是奇怪，这些果树是同时播种，长在同一片土地上，受到相同的照顾，种类也都一样，为什么有的到了冬天以后就活不过来呢？"我问着。

我们都不能解开这个谜题，站在树前互相对望。夜里，我为这个问题而想得失眠了。果树在冬天落尽叶子，为何有的在春天不能复活呢？园子里的果树都还年轻，不应该这样就死去的。

"是不是有的果树不是不能复活,而是不肯活下去呢?就像有一些人失去了生的意志而自杀了?或者说在春天里发芽也要心情,那些强悍的树被剪枝,它们用发芽来补偿,而比较柔弱的树被剪枝,则伤心得失去了对春天的期待与心情。树,是不是有心情的呢?"我这样反复地询问自己,知道难以找到答案,因为我只看到树的外观,不能了解树的心情。就像我从树身上知道了春的讯息,而我并不完全了解春天。

我想到,人世间的波折其实也和果树一样。有时候我们面临了冬天的肃杀,却还要被剪去枝丫,甚至流下了心里的汁液。有那些懦弱的,他就不能等到春天,只有永远保持春天的心情等待发芽的人,才能勇敢地过冬,才能在流血之后还能繁叶满树,然后结出比剪枝前更好的果。

多年以来,我心中时常浮现出那两株枯去的水蜜桃树,尤其是受到什么无情的波折与打击时,那两株原本无关紧要的树,它们的枯枝就像两座生铁的雕塑,从我的心中撑举出来,我就对自己说:"跨过去,春天不远了,我永远不要失去发芽的心情。"而我果然就不会被冬寒与剪枝击败,虽然有时静夜想想,也会黯然流下泪来,但那些泪在一个新的春天来临时,往往成为最好的肥料。

无灾无难到公卿

一杯蜜是炼过几只蜂的

住处附近,有一家卖野蜂蜜的小店,夏日里我常到那里饮蜜茶,常觉在炎炎夏日喝一杯冰镇蜜茶,甘凉沁脾,是人生一乐。

今年我路过小店,冬蜜已经上市,喝了一杯蜜茶,付钱的时候才知道涨了一倍有余,我说:"怎么这样贵,比去年涨了一倍。"照顾店面眉目清秀的初中小女生,讲得一口流利的好中文,马上应答道:"不贵,不贵,一杯蜜是炼过几只蜂的。"

这句话令我大感不解,惊问其故。小女生说:"蜜蜂酿一滴蜜,要飞很远的地方,要采过很多花,有时候摘蜜,要飞遍一整座山头哩!还有,飞得那么远,说不定会迷路,说不定给小孩子捉了,说不定飞得疲倦,累死了。"听了这一番话,我欣然付钱,离开小店。

走回家的路上,我一直想着那位可爱的小女孩说的话,一任想象力奔飞,也许真是这样的,一杯在我们手中看起来不怎么样的蜜茶,是许多蜜蜂历经千辛万苦才采集得来,我们一口饮尽。一杯蜜茶,正如饮下了几只蜜蜂的精魂。蜜蜂是一种奇怪的动物,它飞来飞去,历遍整座山头、整个草原,搜集了花的精华,一丝一丝酝酿,很可能一只蜜蜂的一生只能酿成一杯我们喝一口的蜜茶吧!

几年前,我居住在高雄县大岗山的佛寺里读书,山下就有许多养

林　清　玄
散　文　精　选

蜂人家，经常的寻访，使我对蜜蜂这种微小精致的动物有一点认识。养蜂的人经常上山采集蜂巢，他们在蜂巢中找到体型较大的蜂王，把它装在竹筒中，一霎时，一巢嗡嗡营营的蜜蜂巢都变得温驯听话了，跟在手执蜂王的养蜂人后面飞，一直飞到蜂箱里安居。

蜜蜂的这种行为是让人吃惊的，对于蜂王，它们是如此专情，在一旁护卫，假若蜂王死了，它们就一哄而散，连养蜂人都不得不佩服，但是养蜂人却利用了蜜蜂专情的弱点，驱使它们一生奔走去采花蜜——专情的人恐怕也有这样的弱点，任人驱使而不自知。

但是蜜蜂也不是绝对温驯的，外敌来犯，它们会群起而攻，毫不留情，问题是，每一只蜜蜂的腹里只有一根螫刺，那是它们生命的根本，一旦动用那根螫刺攻击了敌人，它们的生命很快也就完结了。用不用螫刺在蜜蜂是没有选择的，它明知会死，也要攻击。——有时，人也要面临这样的局面，选择生命而畏缩的人往往失败，宁螫而死的往往成功，因为人是有许多螫刺的。

养蜂的人告诉我，蜜蜂有时也有侵略性的，当所有的花蜜都采光的时候，急需蜂蜜来哺育的蜜蜂就会倾巢而出，到别的蜂巢去抢蜜，这时就会发生一场激烈的战斗，直到尸横遍野才分出胜负——人何尝不是如此，仓廪实才知荣辱，衣食足才知礼仪。

为了应付无蜜的状况，养蜂人只好欺骗蜜蜂，用糖水来养蜜蜂，让它们吃了糖水来酿蜜，用来供应爱吃蜜的人们——再精明的蜜蜂都会上当，就像再聪明的人也会上当一样。蜜蜂是有社会性的群居动物，在某些德性上和人是很接近的，但是不管如何，蜜蜂是可爱的，它们为了寻找花中甘液，万苦不辞，里面确实有一些艺术的境界。在汲汲营营的世界里，究竟有多少人能为了追求甘美的人生理想而永不放弃呢？

旧时读过一则传说，其中有些精神与蜜蜂相似，那是记载在《辍

耕录》里的传说："有年七八十老人，自愿舍身济众，绝不饮食，惟澡身啖蜜经月，便溺皆蜜，既死，国人殓以石棺，乃满用蜜浸之，镌年月于棺盖之；俟百年后启封，则成蜜剂，遇人折伤肢体，服少许，立愈，虽彼中也不多得，俗曰蜜人。"这个蜜人的传说不一定可信，但是一个人的牺牲在百年之后还能济助众人，可贵的不在他的尸体化成一帖蜜剂，而是他的精神借着蜜流传了下来。

蜜蜂虽不澡身，但是它每天啖蜜，让人们在夏季还能享受甘凉香醇的蜜茶，在啖蜜的过程，有许多蜜蜂要死去，未死的蜜蜂也要经过许多生命的熬炼，熬呀熬的才炼出一杯蜜茶，光是这样想，就够浪漫，够令人心动了。

在实际人生中也是如此，生命的过程原是平淡无奇，情感的追寻则是波涛万险，如何在平淡无奇波涛万险中酿出一滴滴的花蜜，这花蜜还能让人分享，还能流传，才算不枉此生。虽然炼蜜的过程一定是痛苦的，一定要飞过高山平野，一定要在好大的花中采好少的蜜，或许会疲累，或许会死亡。

可是痛苦算什么呢？每一杯蜂蜜都是炼过几只蜂的。

生命的酸甜苦辣

朋友请我吃饭,餐桌有一道菜是生炒苦瓜,一道是糖醋豆腐,一道是辣椒炒千丝。我看了桌上的菜不禁莞尔,说:"今天酸甜苦辣都到齐了。"朋友仔细看看桌上的菜,不禁拍案大笑。

这使我想到,即使是植物,也各有各的特性:甘蔗是头尾皆甜,柠檬则里外是酸,苦瓜是连根都苦,辣椒则中边全辣,它们这种特性,经过长时间的藏放也不失去,即使将它碎为微尘粉末,其性也不改。还有一些做药材的植物,不管制成汤、膏、丸、散,或经长久的熬煮,特质也不散灭。

我们生活中的心酸、甜蜜、苦痛、辛辣种种滋味,不亦如植物的特性吗?一旦我们品尝过了,似乎就永不失去。在我们的生命情境中,有很多时候,是酸甜苦辣同时放在一桌的,一个人不可能永远挑甜的吃,偶尔吃点苦的、辣的、酸的,有助于我们品味人生。

在酸甜苦辣的生命经验更深刻之处,有没有更真实的本质呢?

若说柠檬以酸为本性,辣椒以辣为本性,甘蔗以甜为本性,苦瓜以苦为本性,那么人的本性又是什么呢?

我们常说"这个人本性不良",或"那个人本性善良",可是,我们常看到素性不良的人改邪归正,又常见到公认本性良善的人却堕落

了。这种本性似乎是"可转"、"能改变"的，因此我们语言上所说的"本性"，事实上只是一种"熏习"，是习气的长期熏染而表现在外的，并不是最深刻的自我。

习气，是一种莫名其妙的偏执，正如嗜吃辣椒与柠檬的人，说不出是什么原因。但人生的一切烦恼正是由这种偏执而产生，偏执是可矫正的，矫正的方法就是中道，例如柠檬虽是至酸之物，若与甘蔗汁中和，就变得非常的可口。去除习气只有利用中和的方法，人最大的习气不外乎是贪、嗔、痴，贪应该以"戒"来中和，嗔应该以"定"来中和，痴应该以"慧"来中和。一个人时时能中和自己的习气，就能坦然地面对生活，不至于被习气所左右。

我国有一个很有名的民间传说，相传汉朝有一位孟姓女子，幼读儒书，长大学佛，普遍得到乡里的敬爱，年老以后被称为"孟婆"。她死后成为幽冥之神，建了一座"醧忘台"，在阴阳之界投胎必经之路。孟婆取甘、苦、酸、辛、咸五味做成一种似酒非酒的汤，称为"孟婆汤"，投胎的人喝了这种汤就完全忘记前世，然后走入今生甘苦酸辛咸的旅程。

传说每一个魂魄入胎之前，各种滋味都要尝一点才能投胎，这是为什么人人都要在一生遍尝五味的缘由。传说又说，有的人甜汤喝多了，日子就过得好些；有的人苦汁喝得多，这一生就惨兮兮。

"孟婆汤"的传说非常有趣，启示我们：既然投生为人，就不可能全是甜头，生命里是有各种滋味的。甘、苦、酸、辛、咸既是人生的五味，我们就难以只拣甜的来吃，别的滋味也多少会尝一些，如果是不可避免的，就欢喜地吃吧！

想想看，人生如果是一桌宴席，上桌的菜若都是蛋糕、甜汤，也是非常可怕的呀！

无灾无难到公卿

苏东坡有一首写自己孩子的诗,诗名叫"洗儿":

> 人皆养子望聪明,
> 我被聪明误一生;
> 惟愿孩儿愚且鲁,
> 无灾无难到公卿。

这首寄意反讽的诗,其实是有着深沉的悲哀,苏东坡是历代最伟大的诗人之一,他不只诗文盖世,也充满经世济民的怀抱,可惜他的人太聪明、太敏感,又常常写文章直抒胸臆,得罪了许多权贵,使他的一生迁徙流离,担任的都是一些芝麻绿豆的小官。

反过来看看朝廷的那些大官吧,一个个又愚笨又粗鲁,在一个政治不清明的时代,也只有愚鲁的人才可能做到公卿吧!这就不免令诗人生起感慨:"洗儿呀!如果你想无灾无难地做到公卿,只有愚鲁一些,免得被聪明所误!"

经过九百年了,我们回顾苏东坡所处的政治环境,才能更体贴诗人的悲哀,确实在他的时代,没有几个人比他聪明的,而他的同时代

一株野草、一朵小花都是没有执著的。它们不会比较自己是不是比别的花草美丽，它们不会因为自己要开放就禁止别人开放。它们不取笑外面的世界，也不在意世界的嘲讽。谦卑的心是宛如野草小花的心。

做公卿的人，我们甚至连名字都不知道，更别说是政绩了。

可见，在历史的洪流中，政治乃是一朝一夕之事，愚鲁的政治人物在得意扬扬之际，很快就会被潮流淹没了。而文章乃是寸心千古的事，文学家在灰心之余，不应跟着丧志，他的掌声不是来自政权的，而是来自民间的。

我有时会想，如果苏东坡一生都在宦海得意，可能正是中国文学的悲哀，一个人一直在权力的旋涡之中，不要说没有时间和心情创作了，在心情上也会失去"在野的沧桑"，就难以有什么佳作了。因为，文学的心，基本上是在野的。

陶渊明、王维、李白、杜甫、杜牧、李商隐、陆游、苏东坡，哪一个是公卿呢？在生命的流放与挫折的时候，才会有敏感的心来进入文学，也只有在悲哭流离之际才会写下动人的诗篇。

比较可叹的是，历史上做文学家的人都是生命中的第二选择，他们的第一志愿都是位居公卿。但是，幸而做了公卿的人，其实是断送了文学的心；幸而未做公卿的人，写出了千古的诗文。

这是历史上诡谲而难以衡量的真情实景，担任公卿的人不一定是愚且鲁的，但是政治是最限制与最现实的，不可能有什么石破天惊的作为，最后自然沦为平庸的公卿，百代之后看来，只有"愚且鲁"三个字可以形容了。写文章、作诗歌的也不一定是聪明人，只是文学是最无限与最富想象的，若有五分才气，加上持之以恒，不难成就一家之言，最后卓然成家，百年后观之，思想自在公卿之上。

我们不免就会形成天平的两端，一端是"无灾无难到公卿"，二是"多灾多难多诗文"，一端高起来，一端就垂下去，这是不变之理。一个人不可能拥有绝对的权力，还能写出绝对的好文章，因此政治人物的语录、文集、训示等等，用于谋权图治则可，作为文章，实在是世间的糟粕呀！

林清玄
散文精选

就以苏东坡来说，他自称是"寒族"、"世农"、"生于草茅尘土之中"，随父亲苏洵入京，举进士第之后，开始了坎坷的一生，他三十多岁就开始被贬谪、流放，从黄州、杭州、颍州、定州、惠州、儋州，一直到岭南，数十年都在迁徙流离中度过，两度被召回朝廷，做过翰林学士、中书舍人、侍读、兵部尚书等要职，随即又被流放，一直到他死前半年度岭北归才正式获赦。

真不敢想象苏东坡如果官场顺利会怎么样，顶多是另一个王安石或司马光吧。

苏东坡晚年最后的诗是《自题金山画像》：

> 心似已灰之木，
> 身如不系之舟。
> 问汝平生功业，
> 黄州惠州儋州。

写完这首诗，两个月后，他在常州病逝。

贬谪是不幸的，但贬逐也使苏东坡的创作更深沉，并且成为"平民英雄"。他一顶布帽、一根竹杖的形象，一直到现在都是平民百姓最喜欢的形象，温暖、可亲、而有人味。

在中国历史上，一直到现代，愚且鲁的人位居公卿的也不少，但要"无灾无难"也是难矣哉，政治人物动见观瞻，被骂被糗无日无之，要开拓自己的形象，有时不免要登全版的广告。即使心里不忮不求也不能讲出来，一说出来，纵使信誓旦旦，百姓也很难相信。做官的人动辄有数千万的财产，也有数亿、数十亿、百亿的，如果有人告诉我，他们都很清白、清高，我也不能相信呀！好吧，就算几十亿都清白、清高，这样的人能与村夫、农人、父老一起喝酒谈心吗？能真

正锥心刺骨地了解百姓的贫困与艰苦吗?

"父老喜云集,箪壶无空携","江城浊酒三杯酽,野老苍颜一笑温","荷尽已无擎雨盖,菊残犹有傲霜枝。一年好景君须记,最是橙黄橘绿时",还是做诗人文学家的苏东坡好呀!

愚且鲁的人做公卿可能是好的,像苏轼这样的人做公卿可能就不会舒适了!

世缘

家里有一条因放置过久而缩皱了的萝卜，不能食用，弃之可惜，我找到一个美丽的陶盆试着种它，希望能挽救萝卜的生命。

没想到这看起来已完全失去生命力的萝卜，一接触了泥土与水的润泽，不但立即丰满起来，并在很短的时间里抽出了翠绿的嫩芽。接下来的日子，我仿佛看着一个传奇萝卜的嫩绿转成青苍，向四周辐射长长的叶子，覆满了整个陶盆，看见的人没有不盛赞它的美丽。

二十几天以后，从叶片的中心竟抽出花蕊，开出一束束淡蓝色的小花，形状就像田野间的油菜花。我虽然生长在乡下，从前却没有仔细看过萝卜开花，这一次总算开了眼界，才知道萝卜花原来是非凡的，带着一种清雅之美。尤其是从一条曾经濒临死亡的萝卜开出，更让人觉得它带着不屈的尊贵。

当我正为盛开了蓝色花束的萝卜盆栽欢喜的时候，有一天到阳台浇花，发现萝卜的花与叶子全不见了，只留下孤零零的叶梗，叶梗上爬满青色的毛虫，原来就在一夕之间，这些青虫把整株萝卜都啃光了，由于没有食物，每一只青虫都不安地扭动着、探寻着。

这个景象使我有一点懊恼和吃惊，在这么高的楼房阳台，青虫是怎么来的呢？青虫无疑是蛱蝶的幼虫，那么，是蛱蝶的卵原来就藏在

泥土中孵化出来？或者是有一只路过的蝶把卵下在萝卜的盆子呢？为什么无巧不巧选择开花的时候诞生呢？

我找不到任何答案，不过我知道，如果我不供应食物给这一群幼小的青虫，它们一定会很快死亡，虽然我为萝卜的惨状遗憾，似乎也没有别的选择了。

每天，我的第一件事就是摘几片菜叶去喂青虫，并且观察它们，这时我发现青虫终日只做一件事，就是吃、吃、吃，它们毫不停止地吃着菜叶，那样专心一志，有时一整天都不抬头。那样没命地吃，使它们以相等的速度长大和排泄，我每天都可以看出它们比前一天长大，或下午看起来就比早晨大了一些。而且在短短几天内，它们排出的青色粒状粪便，把花盆全盖满了。

丑怪而贪婪的青虫，很快就长成两寸长的大虫了，肥满得像要滴出汁液，这时它们不再吃了，纷纷沿着围墙爬行，寻找适当的地点把自己肥胖的身体挂在墙上，它吐出一截短丝黏住墙，然后进入生命的冥想，就不再移动。

第一天，青虫的头部蜕成菱形的硬壳，只剩下尾巴在扭来扭去。

第二天，连尾巴也硬了，不再扭动，风来的时候，它挂在墙上摇来摇去。

第三天，它的身体从绿色转成褐色，然后颜色一直加深。

一星期后，青虫的蛹咬破自己的硬壳，从壳中爬出，它的两翼原是潮湿的、软弱的，但它站在那里等待，只是一炷香的时间，它的翼干了、坚强了，这时，它一点也不犹豫，扑向空中、飞腾而去。

呀！那蝴蝶初飞的一刹那，有一种说不出的动人之美，它会飞到有花的地方，藉着花蜜生活，然后把卵下在某一株花上。我想，看到这一群美丽的蝴蝶，在春天的阳光花园中上下翻飞，任谁也难以想象，就在不到一个月前，它们是丑怪而贪婪的青虫，曾在一夜间摧毁一棵

林　清　玄
散　文　精　选

好不容易才恢复生机的萝卜。

现在，青虫的蛹壳还不规则成群地挂在墙上，风来的时候仍摇动着，但这整个过程就像梦一样，萝卜真的死去了，蛱蝶也全数飞去了。世缘何尝不如此，死的死，飞的飞，到最后只留下一点点启示，一些些观察，人生因缘之流转，缘起缘灭真是不可思议。

如何在世缘中活得积极自在，简单地说就是珍惜每一个小小的缘，一条萝卜使一群青虫诞生，生出一群蛱蝶，飞向广大的天空，一个小的因缘有时正是这么广大的。

今早，我看到萝卜死去的中间又抽出芽来，心里第一个生起的念头是：会不会再有一只蝴蝶飞来呢？

留一只眼睛看自己

欲识永明旨，门前一湖水；日照光明生，风来波浪起。

——永明延寿禅师

日本历史上产生过两位伟大的剑手，一位是宫本武藏，另一位是柳生又寿郎，这两位的传记都曾经在台湾地区出版，风靡过一阵子。柳生又寿郎是宫本武藏的徒弟，关于他们的故事很多，我最喜欢其中的一则。

柳生又寿郎的父亲也是一名剑手，由于柳生少年荒嬉，不肯受父教专心习剑，被父亲逐出了家门，柳生于是独自跑到一荒山去见当时最负盛名的剑手宫本武藏，发誓要成为一名伟大的剑手。

拜见了宫本武藏，柳生热切地问道："假如我努力学习，需要多少年才能成为一流的剑手？"

武藏说："你全部的余年！"

"我不能等那么久，"柳生更急切地说，"只要你肯教我，我愿意下任何苦功去达到目的，甚至当你的仆人跟随你，那需要多久的时间？"

林　清　玄
散文精选

"那，也许需要十年。"宫本武藏说。柳生更着急了："呀！家父年事已高，我要他生前就看见我成为一流的剑手，十年太久了，如果我加倍努力学习，需时多久？""嗯，那也许要三十年。"武藏缓缓地说。柳生急得都要哭出来了，说："如果我不惜任何苦功，夜以继日地练剑，需要多久的时间？""嗯，那可能要七十年。"武藏说，"或者这辈子再也没希望成为剑手了。"柳生的心里纠结着一个大的疑团："这怎么说呀？为什么我愈努力，成为第一流剑手的时间就愈长呢？""你的两个眼睛都盯着第一流的剑手，哪里还有眼睛看你自己呢？"武藏平和地说，"第一流剑手的先决条件，就是永远保留一只眼睛看自己。"

柳生又寿郎满头大汗地爆破疑团了，于是拜在宫本武藏的门下，并做了师父的仆人。武藏给他的第一个教导是：不但不准谈论剑术，连剑也不准碰一下；只要努力地做饭、洗碗、铺床、打扫庭院就好了。

三年的时光就这样过去了，他仍然做这些粗贱的苦役，对自己发愿要学习的剑艺一点开始的迹象都没有，他不禁对前途感到烦恼，做事也不能专心了。

三年后有一天，宫本武藏悄悄蹑近他的背后，给他重重的一击。

第二天，正当柳生忙着煮饭，武藏又出其不意地给了他致命的扑击。

从此以后，无论白天晚上，他都随时随地预防突如其来的袭击，二十四小时中若稍有不慎，便会被打得昏倒在地。

过了几年，他终于深悟"留一只眼睛看自己"的真谛，可以一边生活一边预防突来的剑击，这时，宫本武藏开始教他剑术，不到十年，他成为全日本最精湛的剑手，也是历史上唯一与宫本武藏齐名的一流武士。

这个故事里隐含了很深刻的禅意，禅者不应把禅放在生活之外犹

如剑手不应把剑术当成特别的东西。剑手在行住坐卧都可能遇到敌人的扑击，禅者也是一样，要随时面对生活、烦恼、困顿的扑击，他们表面安住不动，心中却是活泼灵醒能有所对应，那是由于"永远保留了一只眼睛看自己"呀！

宫本武藏在日本剑道和武士道都有很崇高的地位，那是由于他不只拘限于剑术，他还是一个很杰出的画家和书法家，他有一幅绘画作品绘的是"布袋和尚观斗鸡"，以流动的泼墨画了微笑的布袋禅师看两只鸡相斗的情景，题道"无杀事，无杀者，无被杀，三者皆空"，很能表达他对剑术与人生的看法。

对于一个武士，拿刀剑是一种修行，是通向觉悟的手段，一个随时随地都可能死掉的武士，他还要在其中确立自己的人格，觉悟与修行、定力与意见就变成多么急迫！我们不是拿剑的武士，不过，在人生的流程中，人人都是面对烦恼与不安的武士，如何以无形之剑，挥慧剑斩情丝，截断人生的烦恼，不是与武士一样的吗？

最近读了一本美国作家汉乔伊（Joe Hyams）写的《武艺中的禅》，把武术、剑道与禅的关系做了精辟的分析，他写到几个值得深思的观点：

一是武师所遇到的对手，与其说是敌人，不如说是自己的同伴，甚至是自己的延伸，可以帮助我们更充分地认识自己。

二是虽然大部分武艺高手都花了好几年时间练几百种招数，但在决斗时，实际经常使用的招数只有四五种。他一点思考的时间都没有，只是用心去对应。

三是武师的心要经常保持流动的状态，不可停在固定招数，因为对手出击的招数是不可预测的，当心停在任何固定招数，对武师而言，接下来就是死！

对禅者也是如此，我们生命面对的苦恼不是我们的敌人，而是自

林清玄
散文精选

己的延伸,应该透过烦恼来认识自我;我们可能遍学一切法门,但必须深入某些法门,来对应生命的决斗;我们应该"无所住而生其心",因为生活不能如预期,无常也不可预测,如果我们的心执著停滞了,那就是死路一条。

　　这些训练的开端就是"留一只眼睛看自己"呀!

检点自己的宝盒

眼光随色尽，耳识逐声销；还源无别旨，今日与明朝。

——越山师鼐禅师

有一位朋友失去了至亲的人，曾经有一段日子感到非常悲伤哀痛，几乎失去生命的勇气，每次听到忧伤的歌就流泪，看到往昔的照片就悲不能抑，于是尽最大的可能不去碰触任何会使自己痛苦的事物，久而久之，整个人就像失去神智一样。

朋友在谈起那段时间的心境时，神态平静，眼神里有超越的光。

"那么，你是怎么度过的呢？"

"有一天，我想到日子仍然要过下去，但是不能这样过下去，于是开始写日记，希望把自己的心情记录下来，例如什么使我悲伤？我最怀念的事物是什么？哀伤可以把我打击到什么程度？我把它一点一点拿出来看，然后写下来，本来混沌的心经过一段时间就逐渐清明起来了。"

在记录自己身心的过程里，朋友逐渐看见忧伤的本质，再过一段时间，他在日记里记载下一些自己想做还没做的事、自己未了的心愿，

林　清　玄
散　文　精　选

那些对未来的观点竟如同在烂泥中突然长出几棵翠绿的幼苗，他说："真的好像看见在悲伤中的希望，是绿色的幼苗。"

经过了这样清明的观察与体验，他的心境得到转化，凡是遇到从前使自己悲伤的事物，本来很自然地就要转过头逃开，但是，他立刻站定，更仔细地去看那些事物。例如从前每次一听就要哭的歌，这时停下来仔细地听，一遍一遍，听到自己不哭为止，甚至去检视那哭与不哭的界线。

朋友说："我知道要改变心境最好的方法不是去压抑或逃避它，而是去正视和检点，就好像我们有一个宝盒，里面装了许多混乱的东西，整理这个宝盒最好的方法，是把宝盒打开，一样一样拿出来检点，再装回去，摆好位置，然后把一些不好的、次要的、装不回去的东西舍弃掉。如果不经过检点，便把宝盒关上，那么，就会常常在不小心的时候，宝盒里的东西就掉出来了。"

听了朋友的话，我心里十分感动，我说："你的这整个历程就是一种修行呀！"

因为，当我们说"修行"时，最简单的意思是"修正自己的行为"，行为乃是由心境造成的，因此检点自己的心正是修行的初步，正如《碧岩录》中所说："但去静坐，向他句中点检看。"一个人一旦能清楚检点自己的心，这时虽然也有烦恼与波动，也不会失去其清明。

若能检点自心，即能不被外境所转动，就不至于被快乐或忧伤所染着了，这种看清，就是一种悟，就像清凉澄观禅师说的："迷则人随于法，法法万差而人不同；悟则法随于人，人人一智而融万境。""唯忘怀虚朗，消息冲融。其犹透水月华，虚而可见；无心鉴象，照而常空也。"

在告辞朋友的时候，我忍不住想起一句禅师的用语对朋友说：

"从此，再也没有什么可以奈何得了你了!"

走出巷口，发现黛特台风正在大声呼号，狂风暴雨交织在夜空之中，想到这强大的风雨正如人生的风雨，终有清明之时，那是因为我们看清了风雨的背后有一个广大湛蓝的天空。我们的宝盒虽然零乱，只要一再地检点，总有理清的一天。

于是，我仰起头，看风雨之夜，让雨水交加，心里浮起空海大师的两句话：

不要制止风，愿将此身化为风；不要制止雨，愿将此身化为雨。

柔软心

经常有人问我:"学佛的人最重要的是要做什么?可不可以用最简单的话让大家了解佛教?"其实,这个问题佛陀在很早以前就已经说过,他说:"诸恶莫作,众善奉行,自净其意,是诸佛教。"这四句话将佛教的要义做了最简单、最明白的描述。我把大乘佛法的精神也化为简单的三句话,就是:"自净其意,利他和乐,慈悲智慧。"我的答案并没有脱离佛陀的原意,只更强调佛教入世精神。在这三句话中,最重要的慈悲和智慧,也就是佛经常常讲的般若和菩提。因为只有真正慈悲的人才可以众善奉行,利他和乐,也只有真正智慧的人,才可以诸恶莫作,自净其意。

我们生活在这世界上的人,之所以还不能断除一切恶事,是由于还没有真实的智慧,我们之所以还没彻底实现一切善行,是由于还没有得到真实的慈悲。因此,我们可以说,佛教最重要的宝贝就是慈悲和智慧,尤其是在大乘的教化里,离开了慈悲和智慧,大乘佛教就一无所有。从前我写过的文章里,几乎每篇都在谈慈悲和智慧。有一个读者曾告诉我,他算过我的一本书里,光是慈悲和智慧这四个字就出现了一百多次,他觉得我有点唠叨,总是在谈论同样的问题,我告诉他:"这不是唠叨,这叫作老婆心切。"老婆心切是禅宗里的一句话,

就好像你每天回到家里太太、妈妈、祖母所讲的话一样,也许她们十年来所讲的话都一成不变,可是的确是重要的东西。

谦卑心

1

谦卑比慈悲更难。慈悲是把众生当成自己的子女，从心底生起自然的慈爱与关怀。谦卑是把众生当成自己的父母，从心波生起自然的尊崇与敬爱。我们知道，无条件的爱子女是容易的，无条件的敬父母则很少人可以做到。所以，谦卑比慈悲更难。

2

愿众生的福泽充满天空！
当我不愉快时，
愿众生的烦恼都变成我的！
愿苦海干涸我们的观想可以得到真实的谦卑，谦卑乃是感恩，感恩乃是慈悲，慈悲乃是菩提！

3

谦卑就是谦虚，还有卑微。谦虚要如广大的天空，有蔚蓝的颜色，能容受风云日月，不会被雷电乌云遮蔽，而失去其光明。卑微要如无边的大地，有翠绿的光泽，能承担雨露花树，不会被污秽垃圾沉埋，而失去其生机。谦虚的天空不会因破坏而嗔恨，卑微的大地不致因践踏而委屈。永远不生起嗔恨、不感到委屈，是真实的谦卑。

4

我一向不愿穿戴昂贵的服饰，不愿拥有名牌，因为深感自己没有那样名贵。我一向不喜出入西装革履、衣香鬓影的场合，因为深感自己没有那样高级。我要谦虚卑微一如山上的一株野草。谦卑的野草是自在的生活于大地，但野草也有高贵的自尊，顺着野草的方向看去，俯视这红尘的大地，会看见名贵高级的人住在拥挤的大楼，只有一个小小的窗口。我不要人人都看见我，但我要有自己的尊严。

5

一株野草、一朵小花都是没有执著的。它们不会比较自己是不是比别的花草美丽，它们不会因为自己要开放就禁止别人开放。它们不取笑外面的世界，也不在意世界的嘲讽。谦卑的心是宛如野草小花的心。

林清玄
散文精选

6

宋朝的高僧佛果禅师,在舒州太平寺当住持时,他的师父五祖法演给了他四个戒律:一、势不可使尽——势若用尽,祸一定来。二、福不可受尽——福若受尽,缘分必断。三、规矩不可行尽——若将规矩行尽,会予人麻烦。四、好话不可说尽——好话若说尽,则流于平淡。这四戒比"过犹不及"还深奥,它的意思是"永远保持不及",不及就是谦卑的态度。高傲的人常表现出"大愚若智",谦卑的人则是"大智若愚"。

7

南泉普愿禅师将圆寂的时候,首座弟子问道:"师父百年后,向什么处去?"他说:"山下作一头水牯牛去。"弟子说:"我随师父一起去。"禅师说:"你如果想随我去,必须衔一茎草来。"在举世滔滔求净土的时代,愿做一头山下的水牛,这是真正的谦卑。

8

释迦牟尼佛在行菩萨道时,曾在街路上对他见到的每一个众生礼拜,即使被喝骂棒打也不停止,只因为他相信众生都是未来佛,众生都可以成佛。我们做不到那样,但至少可以在心里做到对每一众生尊敬顶礼,做到印光大师说的:"看人人都是菩萨,只有我是凡夫。"是的,只有我是凡夫,切记。

9

我愿,常起感恩之念。

我愿,常生谦卑之心。

我愿,我的谦卑永远向天空与大地学习。

玻璃心

在中部的一所中学演讲,有一个学生问了大问题:"你认为人最大的危机是什么?"

我不假思索地说:"我认为人最大的危机是越来越不像人。""为什么?""因为人的品质日渐低落,越来越多的人像动物一样,充满了欲望,只追求物质的实现与满足。而人在生活形式上则越来越像机器,由于和机器相处的时间日渐增加,甚至超过人与人相处的时间,人在无形中受到机器影响,人味比从前淡薄了。"我说。

那位中学生听了,又站起来问:"那么,你觉得人最大的希望是什么?"

我说:"人最大的希望是单纯的心、奉献的心、爱人的心。""所谓单纯的心就是不功利、没有杂染的心;奉献的心就是时常渴望为别人做些什么,带给别人利益;爱人的心就是设身处地为别人着想,发自内心地关怀别人。如果有这些心,人就会比较有希望了。"我补充地说。

另一位看起来很活泼的女生站起来,俏皮地说:"可是杨林有一首歌叫'玻璃心',说爱人的心是玻璃做的,很容易破碎的!"说完后,哄堂大笑,结束了这一次演讲。在往台北的火车上,我回想着这

一段对话。我们时常为我们的中学生担心，其实他们对生命仍然有着深刻的沉思，为某些生命的大问题找寻答案，只要这样的态度存在，生命的希望也就存在了。

我倒是觉得自己的答复有一些需要补充的。最近这些年，我感觉越来越多的人有两极化的倾向。一种是生活、行为、动机、人生目标极像动物，就是我们所说的"衣冠禽兽"，他们几乎不管心灵的提升，只求物质的满足，还有一些是不在乎别人死活，杀盗淫妄无所不为。另一种则是极像机器人，全部自动化，终日不与人相处，只与机器相处，在家里一切都是机器化，出门关在汽车里，在办公室则与电话、电脑、传真机为伍，晚上在沙发上看电视、听音响，一直到睡去为止。

这种两极化的倾向是非常令人忧心的，人间的冷漠无情、僵硬无义也就成为一种不可避免的倾向，因为不管是"衣冠禽兽"或"衣冠机器人"的共同特质就是缺乏人间的沟通与情义。时日既久，当然成为人最大的危机了。

要突破禽兽与机器人唯一的方法就是有一个温暖的心，过单纯的生活，真实的为别人奉献，花更多的时间在人的身上而不是机器身上，其实这也只不过是坚持为人追求真、善、美、圣的品质罢了。

确实，做一个完整的人比做禽兽复杂得多，与人沟通相爱比起和机器相处困难得多，使大部分人"既期待又怕受伤害"，不肯承担人的责任与荣誉。我们可以看到那些倾向动物或机器的人，都是曾受过伤害，与害怕受伤害的人。

可是，有一个容易受伤害的玻璃心，总比没有心要好得多，偶尔听听心灵破碎的声音也比只想贪求世界便宜的人要可爱得多。

有时候极让人痛心的是，人类文明的推动发展，到最后竟使我们在流失人的品质。我们借着电脑、电话、传真机沟通，而懒于互相谈话、拥抱、互爱；我们看一幅画的好坏先看其标价；我们交朋友先衡量互相的价值,以便踩别人的肩膀向上爬……到最后,许多人竟无视别人的死活,杀人放火、奸淫掳掠,被捕了还在电视上微笑。天啊!动物相互之间都还有哀矜与关爱之情;机器都有无误守信之义,人为什么沦落至此!

　　人最大的危机就在这里,而人最大的希望就是要大家一起来反制这种危机!用玻璃的心、水晶的心、钻石的心、黄金的心都好,不管是什么心,只要有心就好!

黑暗的剪影

在新公园散步,看到一个"剪影"的中年人。

他摆的摊子很小,工具也非常简单,只有一把小剪刀、几张纸,但是他剪影的技巧十分熟练,只要三两分钟就能把一个人的形象剪在纸上,而且大部分非常的酷肖。仔细地看,他的剪影上只有两三道线条,一个人的表情五官就在那三两道线条中活生生跳跃出来。

那是一个冬日清冷的午后,即使在公园里,人也是稀少的,偶有路过的人好奇地望望剪影者的摊位,然后默默地离去;要经过好久,才有一些人抱着姑且一试的心理,让他剪影,因为一张二十元,比在相馆拍张失败的照片还要廉价得多。

我坐在剪影者对面的铁椅上,看到他生意的清淡,不禁觉得他是一个人间的孤独者。他终日用剪刀和纸捕捉人们脸上的神采,而那些人只像一条河从他身边匆匆流去,除了他摆在架子上一些特别传神的,用来做样本的名人的侧影以外,他几乎一无所有。走上前去,我让剪影者为我剪一张侧脸,在他工作的时候,我淡淡地说:"生意不太好呀?"没想到却引起剪影者一长串的牢骚。他说,自从摄影普遍了以后,剪影的生意几乎做不下去了,因为摄影是彩色的,那么真实而明确;而剪影是黑白的,只有几道小小的线条。

林 清 玄
散 文 精 选

他说:"当人们太依赖摄影照片时,这个世界就减少了一些可以想象的美感,不管一个人多么天真烂漫,他站在照相机的前面时,就变得虚假而不自在了。因此,摄影往往只留下一个人的形象,却不能真正有一个人的神采;剪影不是这样,它只捕捉神采,不太注意形象。"我想,那位孤独的剪影者所说的话,有很深切的道理,尤其是人坐在照相馆灯下所拍的那种照片。

他很快地剪好了我的影,我看着自己黑黑的侧影,感觉那个"影"是陌生的,带着一种连我自己都不敢相信的忧郁,因为"他"嘴角紧闭,眉头深结,我询问着剪影者,他说:"我刚刚看你坐在对面的椅子上,就觉得你是个忧郁的人,你知道要剪出一个人的影像,技术固然重要,更重要的是观察。"

剪影者从事剪影的行业已经有二十年了,一直过着流浪的生活,以前是在各地的观光区为观光客剪影,后来观光区也被照相师傅取代了,他只好从一个小镇到另一个小镇出卖自己的技艺,他的感慨不仅仅是生活的,而是"我走的地方愈多,看过的人愈多,我剪影的技术就日益成熟,捕捉住人最传神的面貌,可惜我的生意却一天不如一天,有时在南部乡下,一天还不到十个人上门。"作为一个剪影者,他最大的兴趣是在观察,早先是对人的观察,后来生意清淡了,他开始揣摩自然,剪花鸟树木,剪山光水色。"那不是和剪纸一样了吗?"我说。

"剪影本来就是剪纸的一种,不同的是剪纸务求精细,色彩繁多,是中国的写实画;剪影务求精简,只有黑白两色,就像是写意了。"因为他夸说什么事物都可以剪影,我就请他剪一幅题名为"黑暗"的影子。剪影者用黑纸和剪刀,剪了一个小小的上弦月和几粒闪耀的星星,他告诉我:"本来,真正的黑暗是没有月亮和星星的,但是世间没有真正的黑暗,我们总可以在最角落的地方看到一线光明,如果没

有光明，黑暗就不成其黑暗了。"

我离开剪影者的时候，不禁反复地回味他说过的话。因为有光明的对照，黑暗才显得可怕，如果真是没有光明，黑暗又有什么可怕呢？问题是，一个人处在最黑暗的时刻，如何还能保有对光明的一片向往。

现在这张名为"黑暗"的剪影正摆在我的书桌上，星月疏疏淡淡地埋在黑纸里，好像很不在意似的，"光明"也许正是如此，并未为某一个特定的对象照耀，而是每一个有心人都可以追求。

后来我有几次到公园去，想找那一位剪影的人，却再也没有他的踪迹了，我知道他在某一个角落里继续过着漂泊的生活，捕捉光明或黑暗的人所显现的神采，也许他早就忘记曾经剪过我的影子，这丝毫不重要，重要的是我们在一个悠闲的下午相遇，而他用二十年的流浪告诉我："世间没有真正的黑暗。"即使无人顾惜的剪影也是如此。

步步起清风

我很喜欢禅宗的一个公案：

五祖法演禅师门下有三个杰出的弟子，佛果克勤、佛鉴慧动、佛眼清远，时人号称"三佛"。

有一天，法演带着三个弟子，在山下的凉亭夜话，回寺的时候，灯突然灭了。

在黑暗中，法演叫每一位弟子说出自己的心境。

佛鉴说："彩凤丹宵。"

佛眼说："铁蛇横古路。"

佛果说："看脚下！"

法演当场给佛果印可说："将来传扬我的宗风只有你呀！"后来，佛果克勤禅师，果然宗风大盛。

我喜欢这个公案，原因是它的直截了当，一个人在无灯的黑夜走路，不必思维，只要看脚下就好。其次，我喜欢它的明白平常，简单的三个字就说明了，禅的根本精神是从站立的地方安身立命，没有比脚下更重要的地方了，因为一失足就成千古恨。

"看脚下"虽然如此简明易懂，却意味深长，六祖所说的"密在汝边"，祖师所说的"会心不远"，都是在说明真正美妙的心灵经验，

不必到远处去追求。可惜大部分的人，都是舍弃了心灵的空地，去追求远处的境界，那就无法"即心是道场"，不能即刻点起已被风吹熄的烛火，继续前进。

不能看脚下的人，自然不能立定脚跟，这在禅宗里叫作"脚跟未点地"，也叫作"脚下烟生"，一个人的脚下如果生起烟雾，便无法落实于真切的生命，就好像腾云驾雾地过着虚妄的生活。

有时候我到寺庙里参访，在门槛的柱子上，或在容易跌倒的阶梯上，就会看见贴着"看脚下"三字，顿时心里一阵感动，有一种体贴之感，因为那时如果不看脚下，立刻就会跌倒了。

"看脚下"其实包括了禅宗几个重要的精神，第一个精神是要活在当下，不活在过去与未来之中。人生的忧恼，大部分是来自过去习气的牵绊，以及对未来欲望的企图，如果时刻活在现前的一境，忧恼立即得到截断，例如喝茶的时候，如果专注于喝茶，不心思外驰，立刻可以得到专注之境。这不只是开悟的境界，一般人也可以领受和体验。

马祖道一禅师开悟以后，声名大噪，他未出家前结交的几位老朋友，对马祖的开悟半信半疑，于是相约一起去见马祖，并且希望能沿路想一些问题去请教请教。

这几位农民出发不久，就看见一只老黄牛绑在大树上，鼻子穿了一根绳子。黄牛由于不能走远，就绕这棵树行走，最后把鼻子碰在树上，又往反方向绕，越转越紧，又碰在树上，其中一位就说："我们就拿这件事去请示马祖好了。"

再往前走不久，突然看见一只秋蝉飞来，脚跟被蜘蛛丝粘住了，飞不过去，心里一着急，吱吱大叫。蜘蛛看见秋蝉粘在树上，立刻赶过来要吃它，在这生死关头，秋蝉奋力一冲，呼噜一声，离开蛛丝飞走了。其中一位说："我们再把这件事去请示马祖。"

林　清　玄
散　文　精　选

最后，他们见到马祖，第一位就问说："如何是团团转？"

"只因绳子不断。"

"绳子断了，又如何？"

"逍遥自在去也！"

马祖的老朋友听了都很吃惊，马祖明明没见到老牛，怎么知道我们问什么呢？第二位又问："如何是吱吱叫？"

"因脚下有丝！"

"丝断了，又如何？"

"呼噜飞去了！"

马祖的老朋友当下都得到了开启。

使人生不能自在的，是由于过去习气的绳子拉着我们团团转；使我们不能自由的，是情丝无法斩断。如果能回到脚下，一念不生，就自由自在了。

第二个看脚下的精神，是以平常心过日常生活，例如经常教人参"无"字公案的赵州禅师，每每对初来的人说"吃茶去！""吃粥也未？"马祖道一也说："吃饭时吃饭，睡觉时睡觉。"百丈怀海说的："一日不作，一日不食。"都是在示人，以圆融的态度来过平常的生活，而不是去追求不着边际的开悟。

"看脚下"是以平等的态度来对待生活里的一切，不为某些特殊的目的而放弃对历程的深思与体验，在每一个朝夕，都能"不离当处湛然"，如果喝茶吃粥时有湛然清明的心，其尊贵至高并不逊于人间伟大的事功。

《六祖坛经》一开始时就说："于一切时中，念念自见，万法无滞，一真一切真，万境自如如。如如之心，即是真实。若如是见，即是无上菩提之自性也。"

在每一刻的真实中，万法的真实即在其中，"掬水月在手，弄花

香满衣",掬水或弄花是平常而平等的,明月在手、花香满衣就变得十分自然。如果不能善待眼前的片刻,不就像以手捉月、舍花逐香吗?哪里可得呢?

看脚下的第三个精神,是以法为灯,以自为灯,去除依赖的心。

山中的烛火熄了,不仅要照看自己的脚下,还要以自己的眼睛和心灵为灯,小心地走路,这个世界上虽有许多人可以告诉我们远处美丽的风景,却没有一个人能代替我们走茫茫的夜路。

只要点燃心中的灯,一心一意地生活下去,便可以展现充实的生命。一般人无法见及生命的丰盈,不能冤于恐惧,只缘于没有脚跟着地罢了。

接着,我们的灯如果燃起,就可以照看到"看脚下"的最高境界,是云门禅师所说的"日日是好日",不管晴、雨、悲、喜,身心都能安然,甚至于连心痛的时刻,都能知道明日可能没有心痛之境,而坦然欢喜。

"日日是好日",表面上是"每天都是黄道吉日"的意思,但内在里更深切的意义是"不忧昨日,不期明日",是有好的心来看待或喜或悲的今天,是有好的步伐,穿越每日的平路或荆棘,那种纯真、无染、坚实的脚步,不会被迷乱与动摇。

在喜乐的日子,风过而竹不留声;在无聊的日子,不风流处也风流;在苦恼的日子,灭却心头火自凉;在平凡的日子,有花有月有楼台;随处做主,立处皆真,因为日日是好日呀!

"看脚下"真是一句韵味深长的话,这是为什么从前把修行人走的路叫作"虎视牛行"——有老虎一样炯炯的眼神,和牛一般坚实的步伐,也叫作"华严狮子"——每一步都留下深刻的脚印。

从远的看,人生行路苍茫,似乎要走很多的步幅;从近的看,生死之间短促,只是一步之间;在每一步里,脚底都有清凉的风,则每

林　清　玄
散　文　精　选

一步都不会错过。

　　那么，不管灯熄灯亮，不管风雨雷电，不管高山深谷，回来看脚下吧！脚下虽是方寸，方寸里自有乾坤。

总有群星在天上

在喜乐的日子，风过而竹不留声；在无聊的日子，不风流处也风流；在苦恼的日子，灭却心头火自凉；在平凡的日子，有花有月有楼台；随处做主，立处皆真，因为日日是好日呀！

雪的面目

在赤道，一位小学老师努力地给儿童说明"雪"的形态，但不管他怎么说，儿童也不能明白。老师说：雪是纯白的东西。儿童就猜测：雪是像盐一样。老师说：雪是冷的东西。儿童就猜测：雪是像冰淇淋一样。老师说：雪是粗粗的东西。儿童就猜测：雪是像砂子一样。老师始终不能告诉孩子雪是什么，最后，他考试的时候，出了"雪"的题目，结果有几个儿童这样回答："雪是淡黄色，味道又冷又咸的砂。"

这个故事使我们知道，有一些事物的真相，用言语是无法表达的，对于没有看过雪的人，我们很难让他知道雪，像雪这种可看的、有形象的事物都是无法明明白白地讲，那么，对于无声无色、没有形象、不可捕捉的心念，如何能够清楚地表达呢？

我们要知道雪，只有自己到有雪的国度。我们要听黄莺的歌声，就要坐到有黄莺的树下。我们要闻夜来香的清气，只有夜晚走到有花的庭院。那些写着最热烈优美的情书的，不一定是最爱我们的人；那些陪我们喝酒吃肉搭肩拍胸的，不一定是真朋友；那些嘴里说着仁义道德的，不一定有人格的馨香；那些签了约的字据呀，也有背弃与撕毁的时候！

林 清 玄
散 文 精 选

这个世界最美好的事物，都是语言文字难以形容与表现的。那么，让我们保持适度的沉默吧！在人群中，静观谛听；在独处的时候，保持灵敏。就像我们站在雪中，什么也不必说，就知道雪了。在雪中清醒地孤独，总比在人群中热闹地寂寞与迷惑要好些。雪，冷而清明，纯净优美，念念不住，在某一个层次上，像极了我们的心。

送一轮明月给他

一位住在山中茅屋修行的禅师,有一天趁夜色到林中散步,在皎洁的月光下,他突然开悟了自性的般若。

他喜悦地走回住处,眼见到自己的茅屋遭小偷光顾,找不到任何财物的小偷,要离开的时候才在门口遇见了禅师。原来,禅师怕惊动小偷,一直站在门口等待,他知道小偷一定找不到任何值钱的东西,早就把自己的外衣脱掉拿在手上。

小偷遇见禅师,正感到错愕的时候,禅师说:"你走老远的山路来探望我,总不能让你空手而回呀!夜凉了,你带着这件衣服走吧!"

说着,就把衣服披在小偷身上,小偷不知所措,低着头溜走了。

禅师看着小偷的背影走过明亮的月光,消失在山林之中,不禁感慨地说:"可怜的人呀!但愿我能送一轮明月给他。"禅师不能送明月给那个小偷,使他感到遗憾,因为在黑暗的山林,明月是照亮世界最美丽的东西。不过,从禅师的口中说出:"但愿我能送一轮明月给他。"这口里的明月除了是月亮的实景,指的也是自我清净的本体。从古以来,禅宗大德都用月亮来象征一个人的自性,那是由于月亮光明、平等、遍照、温柔的缘故。怎么样找到自己的一轮明月,向来就是禅者努力的目标。在禅师的眼中,小偷是被欲望蒙蔽的人,就如同被乌

林清玄
散文精选

云遮住的明月，一个人不能自见光明是多么遗憾的事。

禅师目送小偷走了以后，回到茅房赤身打坐，他看着窗外的明月，进入定境。

第二天，他在阳光温暖的抚触下，从极深的禅定里睁开眼睛，看到他披在小偷身上的外衣，被整齐地叠好，放在门口。禅师非常高兴，喃喃地说："我终于送了他一轮明月！"

明月是可送的吗？这真是有趣的故事，在我们的人生经验里，无形的事物往往不能赠送给别人，例如我们不能对路边的乞者说："我送给你一点慈悲。"我们只能把钱放在盒子里，因为他只能从钱的多寡来感受慈悲的程度。

我们不能对心爱的人说："我送你一百个爱情。"只能送他一百朵玫瑰。他也只能从玫瑰的数量来推算情感的热度，虽然这种推算往往不能画上等号，因为送玫瑰的人或许比送钻戒者的爱要真诚而热烈。

同样的，我们对于友谊、正义、幸福、平安、智慧等等无价的东西，也不能用有形的事物做正确的衡量。我想，这正是人生的困局之一，我们必须时时注意如何以有形可见的事物来奥妙表达所要传递的心灵讯息。可悲的是，在传递的过程中常常会有"落差"，这种落差常使骨肉至亲反目，患难之交怨愤，恩爱夫妻化离，有情人终于成为俗汉。

这些无形又可贵的情感，与禅的某些特质接近，是"只可意会，不可言传"，是"不立文字，教外别传"，是"当下即是，动念即乖"，是"云在青天水在瓶"，是"平常心是道"！

这个世界几乎没有一种固定的方法可以训练人表达无形的东西，于是，训练表达无形情感的唯一方法就是回到自身，充实自己的人格，使自己具备真诚无伪、热切无私的性格，这样，情感就不是一种表达，而是一种流露。

在一个人能真诚流露的时候，连明月也可以送给别人，对方也真的收得到。

我们时时保有善良、宽容、明朗的心性，不要说送一轮明月，同时送出许多明月都是可能的，因为明月不是相送，而是一种相映，能映照出互相的光明。

此所以禅师说："但愿我能送一轮明月给他！"是真正人格的馨香，它使小偷感到惭愧，受到映照而走向光明的道路。

莲花汤匙

洗茶碟的时候，不小心打破了一把清朝的古董汤匙，心疼了好一阵子，仿佛是心里某一个角落跌碎一般。

那把汤匙是有一次在金门一家古董店找到的。那一次我们在山外的招待所，与招待我们的军官聊到古董，他说在金城有一家特别大的古董店，是由一位小学校长经营的，一定可以找到我想要的东西。

夜里九点多，我们坐军官的吉普车到金城去。金门到了晚上全面宵禁，整座城完全漆黑了，商店与民家偶尔有一盏烛光的电灯。由于地上的沉默与黑暗，更感觉到天上的明星与夜色有着晶莹的光明，天空是很美很美的灰蓝色。

我想到，在从前的岁月里，不知道打破过多少汤匙，却从来没有一次像这一次，使我为汤匙而叹息。其实，所有的汤匙本来都是一块泥土，在它被匠人烧成的那一天就注定有一天会打破。我的伤感，只不过是它正好在我的手里打破，而它正好画了一朵很美的莲花，正好又是一个古董罢了。

这个世界的一切事物都只不过是偶然。一撮泥土偶然被选取，偶然被烧成，偶然被我得到，偶然地被打破……在偶然之中，我们有时误以为是自己做主，其实是无自性的，在时空中偶然的生灭。

在偶然中，没有破与立的问题。我们总以为立是好的，破是坏的，其实不是这样。以古董为例，如果全世界的古董都不会破，古董终将一文不值；以花为例，如果所有的花都不会凋谢，那么花还会有什么价值呢？如果爱情都能不变，我们将不能珍惜爱情；如果人都不会死，我们必无法体会出生存的意义。然而也不能因为破立无端，就故意求破。大慧宗杲曾说："若要径截理会，需得这一念子㬠地一破，方了得生死，方名悟入。然切不可存心待破。若存心破处，则永劫无有破时。但将妄想颠倒的心、思量分别的心、好生恶死的心、知见解会的心、欣静厌闹的心，一时按下。"

大慧说的是悟道的破，是要人回到主体的直观，在生活里不也是这样吗？一把汤匙，我们明知它会破，却不能存心待破，而是在未破之时真心地珍惜它，在破的时候去看清："呀，原来汤匙是泥土做的。"

这样我们便能知道僧肇所说的："不动真际为诸法立处。非离真而立处，立处即真也。然则道远乎哉？触事而真。圣远乎哉？体之即神。"（一个不动的真实才是诸法站立的地方。不是离开真实另有站立之处，而是每一个站立的地方都是真实的。每接触的事物都有真实，道哪里远呢？每有体验之际就有觉意，圣哪里遥远呀？）

我宝爱于一把汤匙，是由于它是古董，它又画了一朵我最喜欢的莲花，才使我因为心疼而失去真实的观察。如果回到因缘，僧肇也说得很好。他说："物从因缘故不有，缘起故不无，寻理即其然矣。所以然者，夫有若真有，有自常有，岂待缘而后有哉？譬彼真无，无自常无，岂待缘而后无也。若有不自有，待缘而后有者，故知有非真有。有非真有，虽有不可谓之有矣。"

一把莲花汤匙，若从因缘来看，不是真实的有，可是在缘起的那一刻又不是无的。一切有都不是真有，而是等待因缘才有，犹如一撮泥土成为一把汤匙需要许多因缘；一切无也不是真的无，就像一把汤

林 清 玄
散 文 精 选

匙破了，我们的记忆中它还是有的。

我们的情感，乃至于生命，也和一把汤匙没有两样，"捏一块泥，塑一个我"，我原是宇宙间的一把客尘，在某一个偶然中，被塑成生命，有知、情、意，看起来是有的、是独立的，但缘起缘灭，终又要散灭于大地。我有时候长夜坐着，看看四周的东西，在我面前的是一张清朝的桌子，我用来泡茶的壶是民初的，每一样都活得比我还久，就连架子上我在海边拾来的石头，是两亿七千万年前就存在于这个世界了。这样想时，就会悚然而惊，思及"世间无常，国土危脆"，感到人的生命是多么薄脆。

在因缘的无常里，在危脆的生命中，最能使我们坦然活着的，就是马祖道一说的"平常心"了。在行住坐卧、应机接物都有平常心地，知道"月影有若干，真月无若干；诸源水有若干，水性无若干；森罗万象有若干，虚空无若干；说道理有若干，无碍慧无若干"。（马祖语）找到真月，知道月的影子再多也是虚幻，看见水性，则一切水源都是源头活水……

三祖僧璨说："莫逐有缘，勿住空忍。一种平怀，泯然自尽。"这"一种平怀"说得真好。以一种平坦的怀抱来生活，来观照，那生命的一切烦恼与忧伤自然就减去了。

我把莲花汤匙的破片丢入垃圾桶，让它回到它来的地方。这时，我闻到了院子里的含笑花很香很香，一阵一阵，四散飞扬。

一心一境

小时候我时常寄住在外祖母家，有许多表兄弟姐妹，每次相约饭后要一起去玩，吃饭时就不能安心，总是胡乱地扒到嘴里咽下，心里尽想着玩乐。

这时，外祖母就会用她的拐杖敲我们的头说："你们吃那么快，要去赴死吗？"

这句话令我一时呆住了，然后她就会慢条斯理地说："吃那么紧，怎么会知道一碗饭的滋味呀！"当时深记着外祖母的话，从此，吃饭便十分专心，总是好好吃了饭再出去玩。

从前不觉得这两句话有什么了不起的地方，长大以后，年岁日长愈感觉这两句寻常的话有至理在焉，这不正是禅宗祖师所说的"吃饭时吃饭，睡觉时睡觉"那种活在当下的精神吗？

"活在当下"看来是寻常言语，实际上是一种极为勇迈的精神，是把"过去"与"未来"做一截断，使心思处在一心一境的状态，一个人如果能每时每刻都处于一心一境，就没有什么困难能牵住他，也没有什么痛苦能动摇他了。

一心一境是疗治人生的波动、不安、痛苦、散乱最有效也最简易的方法，因为人的乐受与苦受虽是感觉真实，却是一种空相，若能安

林清玄
散文精选

住于每一个当下，苦受就不那样苦，乐受也没有那么乐了。可惜的是，人往往是一心好几境（怀忧过去，恐慌未来），或一境生起好几种心（信念犹如江河，波动不止），久而久之，就被感受所欺瞒，不能超越了。

不能活在一心一境之中，那是由于世人往往重视结局，而不重视过程，很少人体验到一切的过程乃是与结局联结的。一个人如果不能在吃饭时品味米饭的香甜，又何以能深刻地品味人生呢？一个人若不能深入一碗饭，不知蓬莱米、在来米，甚至糯米的不同，又如何能在生命的苦乐中有更深切的认识？

因此吃饭、睡觉、喝茶，看来是人生小事，却能由一心一境在平凡中见出不凡，也就能以实践的态度契入生活，而得到自在。

曾经有人问一位禅师说："什么是解脱痛苦最好的法门？"

禅师说："在痛苦时就承受痛苦，在该死的时候就坦然地死，这便是解脱痛苦最好的法门。"

痛苦或死亡是人人所不愿见到或遇到的，但若不能深刻品味痛苦，何尝能知道平安喜乐的真滋味？若不能对死亡有所领会，又如何能珍惜活着的时候呢？

又有一位禅师问门人说："寒热来时往何处去？"

门人说："向无寒暑处去！"

禅师说："冷时冻死你，热时热死你！"

这世界原来并没有一个无寒暑的地方可以逃避生之恸，因此最好的方法是水里来、火里去，不避于寒热，寒热自然就莫可奈何了！这也是一心一境。寸人的苦恼就是寒冷的时候怀念暑天，到了真正热的时节，又觉得能冷一些就好了。晴天的时候想着雨景之美，雨季来临时，又抱怨没有好的天色，因此，生命的真味就被蹉跎了。

一心一境是活在每一个眼前的时节，是承担正在遭受的变化不定

的人生，那就像拿着铁锤吃核桃，核桃应声而裂，人生的核桃或有乏味之时，或有外表美好、内部朽坏的，但在每一个下锤的时节都能怀抱美好的期待。

当然，人的生命历程如果能像苏东坡所说的："无事以当贵，早寝以当富，安步以当车，晚食以当肉。"那是最好的情况。可惜在现代社会里几乎没有无事、早寝、安步、晚食的人了。因此如何学习以"一心一境"的态度生活，就变得益发可贵。

苏东坡在《春渚纪闻》里还说："处贫贱易，处富贵难。安劳苦易，安闲散难。忍痛易，忍痒难。人能安闲散，耐富贵，忍痒，真有道之士也。"这是苏东坡的至理名言，但我的看法有些不同，我觉得要处贫贱、安劳苦、忍痛苦都是一样难的，唯有一心一境的人，能贫富、劳闲、痛痒，皆一体观之，这才是真正的"有道"。

活在每一个过程，这是真正的解脱，也是真正的自在，"吃饭时吃饭，睡觉时睡觉"的禅语也可以说："痛苦时痛苦，快乐时快乐。"这使我想起元晓大师说的话，他说："纵使尽一切努力，也无法阻止一朵花的凋谢。因此在花凋谢时好好欣赏它的凋谢吧！"

人生的最大意义不在奔赴某一目的，而是在承担每个过程。有一次在报纸上看到汽车广告说："从零加速到一百公里，只要六秒钟！"这广告使我想起外祖母的话："你驶那么紧，要去赴死呀！"

活在苦中，活在乐里；活在盛放，也活在凋零；活在烦恼，也活在智慧；活在不安，也活在止息。这是面对苦难的生命最好的方法。

去做人间雨

有一天晚上,马祖道一禅师带着百丈怀海、西堂智藏、南泉普愿三个得意弟子去赏月,马祖说:"这样美的月色,做什么最好?"

西堂智藏说:"正好供养。"百丈怀海说:"最好修行。"南泉普愿一句话也没说,拂袖便去。马祖说:"经入藏,禅归海,唯有普愿独超然于物外。"

(智藏对经典可以深入,怀海会在禅法成就,只有普愿独自超然于物外。)我很喜欢这个禅宗的故事,在美丽的月色下,供养而使心性谦和,修行提升心灵清净都是非常好的,可是好好的赏月,不发一语,则使人超然于物象之外,心性自然谦和,心灵也在无心中明净了。

因为天上固然有明月皎然,心里何尝没有月光的温柔呢?这是为什么寒山子说"吾心似秋月,碧潭清皎洁"的缘故,也是禅师以手指月,指的并不只是天上之月,也是心里的秋月。心思短促的人,看见的是指月的手指;心思朗然的人,越过了手指而看见天边的明月;心思无碍的人,则不仅见月见指,心里的光明也就遍照了。

僧肇大师曾写过一首动人的诗偈:

旋岚偃岳而常静,

江河竞注而不流；

野马飘鼓而不动，

日月历天而不周。

一个人的心如果能常静、不流、不动、不周，就可以观照到，虽然外在世界迁流不息，却有它不迁流的一面；一个人如果心中常有明月，就知道月亮虽然阴晴圆缺，其实月的本身是没有变化的。

在更高远心灵的道之追求，是要使我们能像天上的云一样自由无住、无心出岫、长空不碍，但是当化成一朵云的时候，是不是也会俯视人间的现实呢？

现实的人间会有一些污泥、一些考验、一些残缺、一些苦痛、一些不堪忍受的事物，此所以把现实人间称为"滚滚红尘"。滚滚有两层意思，一是像飞沙走石，遮掩了人的清明眼目；二是像柴火炽烈，燃烧着我们脆弱的生命。每一次我想到作家三毛的最后一部作品叫《滚滚红尘》，写完后投缳自尽，就思及红尘里的灰沙与柴火，真是不堪忍受的。

灰沙与柴火都还是小的，真实的"滚滚"有如汪洋中的波涛，人则渺茫像浪里的浮沫，道元禅师说："是鸳鸯呢？还是海鸥？我看不清楚，它们都在波浪间浮沉。"不管是美丽如鸳鸯，或善翔像海鸥，都不能飞出浮沉的波浪，人何能独独站立于波涛之外呢？

云，是很美、很好、很优雅、很超然的，但云在世间也不是独立的存在，它可能是人间的烟尘所凝结，它一遇到冷峰，也可能随即融为尘世的泪水。

因此，道的追求不是独存于世间之外，悟道者当然也不是非人，而是他体会了更高的心灵视界罢了，这更高的心灵，使他不能坐视悲苦的人间，也使他不离于有情。这是一种纯净的诗情，王维有一首

林　清　玄
散　文　精　选

《文杏馆》很能表达这种诗情：

> 文杏裁为梁，
> 香茅结为宇。
> 不知栋里云，
> 去作人间雨。

迈向诗心与道情的人，是以高洁的文杏做成梁柱，以芳香的茅草盖成屋宇，虽然居住于自然与美之中，心里却有问世的意念，想到在栋梁间飘忽的白云，不知道是不是也和自己一样，要去化作造福人间的雨呢？

要去化雨的白云，是体知了燥热的人间需要滋润与清凉的雨，要去问世的高士，虽住于杏树香草做成的房屋，已无名利之念，但想到滚滚红尘，心有不忍。

道心与诗心因此都不离开有情，不是不能离开，而是不愿离开，试想蓝天里如果没有云彩与晚霞，该是多么寂寞。

智者，只是清明；觉者，只是超越；大悲者，只是广大；并不是用皮肉另塑一个自我，而是以活生生的血肉作人的圆满、作心的清明、作环境里的灯火。

在《临济录》里讲到临济义玄禅师开悟以后，时常在寺院后面栽植松树，他的师父黄檗希运问他说："深山里已经有这么多树了，你为什么还要种树呢？"

临济说："一是为了寺院的景色；二是为后人做标榜。"

所以他的师兄睦州对师父说："临济将来经过锻炼，定能成一棵大树，与天下人作阴凉。"

不论多么大的树，都是来自一颗小小的种子，来自一尖细细的芽

苗，长成大树的人不该忘记天下人都是大树的种子与芽苗，因此誓愿以阴凉的树荫，来使天下人得以安和地生活。

　　出世的修行，是多么令人向往呀！但是"微风吹幽松，近听声愈好"，如果没有化作人间雨的立志，那么就会像一朵云，飘向不可知的远方了。

生活的回香

我们所经验过的美好事物，其实都被卷存典藏着，一旦打开了，就从记忆中遥不可知的角落飘回来。

朋友来接我到基隆演讲，由于演讲时间定在下午一点，我们都来不及吃饭。"我们到极乐寺吃饭吧。寺庙的饭菜最好吃、最卫生，师父也最亲切。"朋友说。

我说："这样不好意思吧。"朋友说："不会，不会，我在极乐寺做义工很多年了，与师父们很熟，只要寺里的师父有事叫我，我都义不容辞，偶尔去叨扰一顿斋饭，不要紧的。何况帮我们开车的师兄也是寺里的长期义工呢。"

于是，朋友用行动电话通知寺里的知客师：我们一共有三人，大约二十分钟到极乐寺，请师父准备素斋一席。

等我们到极乐寺，热腾腾七道菜的素菜已经准备好了，我们没什么客套，坐下就吃。

佛光山派下寺院的素菜好吃是远近驰名的，那是因为星云大师对素菜很内行，加上典座师父个个巧手慧心的缘故。但是今天有一道菜还是令我大感意外，就是师父炒了一大盘的茴香。

茴香是我在南部家乡常吃的青菜，在我们乡下称之为"客家人的

芫荽"，因为客家人喜以茴香做菜之故。自从到台北就再也没吃过茴香了，如今见到茴香的样子，闻到茴香的气味，竟有说不出的感动。

一般人都知道茴香的种子可以做香料、做卤味，却很少人知道茴香的叶子做菜，是人间至极的美味。茴香是多年生草本植物，可以长到与人等高，它的叶片巨大，散开成丝状，就仿佛是空中爆开的烟火。

茴香从根、茎、叶、花到种子都有浓烈的香气，食用的时候采其嫩叶，或炒成青菜，或做汤的香菜，或沾面粉油炸成饼，都会令人吃过即永不能忘。

在寺庙吃饭，不事交谈。因此我独自细细品味茴香的滋味，好像回到了童年，每当母亲炒茴香的时刻，茴香的香气就会从灶间飘过厅堂、飞过庭院、飞进我们写字的北边厢房。

童年的时光不再，茴香的气息也逐渐淡了，万万想不到在极乐寺偶然的午斋，还能吃到淡忘的童年之味。我曾经走入盛开着小黄花的茴香田里，对着那满天飞舞的黄花绿叶，深深地呼吸，妄图把茴香的香气储存在胸臆，此刻，那储藏的香气整片被唤醒了。

生活不也是如此吗？我们所经验过的美好事物，其实都是永不失去的，只是被卷存典藏着，一旦打开了，就会在记忆中回香，从遥远不可知的角落，飘了回来。

我们生命里，早就种了许多"回香树"，等待因缘的摘取吧。

我们没什么客套，吃完对师父合十致谢，就走了。

知客师父送我们到前廊，合掌道别说："以后有什么需要，尽管到寺里来。"

在奔赴演讲场地的路上，我的心里有被熨平的感觉，不只是寺里的茴香菜产生的作用，那样清澈的人与人间的情谊更使我动容。

其实，处处都有回香树。

生命的化妆

我认识一位化妆师,她是真正懂得化妆,而又以化妆闻名的。

对于这生活在与我完全不同领域的人,使我增添了几分好奇,因为在我的印象里,化妆再有学问,也只是在皮相上用功,实在不是有智慧的人所应追求的。

因此,我忍不住问她:"你研究化妆这么多年,到底什么样的人才算会化妆?化妆的最高境界到底是什么?"

对于这样的问题,这位年华已逐渐老去的化妆师露出一个深深的微笑,她说:"化妆的最高境界可以用两个字形容,就是'自然',最高明的化妆术,是经过非常考究的化妆,让人家看起来好像没有化过妆一样,并且这化出来的妆与主人的身份匹配,能自然表现那个人的个性与气质。次级的化妆是把人突显出来,让她醒目,引起众人的注意。拙劣的化妆是一站出来别人就发现她化了很浓的妆,而这层妆是为了掩盖自己的缺点或年龄的。最坏的一种化妆,是化过妆以后扭曲了自己的个性,又失去了五官的谐调,例如小眼睛的人竟化了浓眉,大脸蛋的人竟化了白脸,阔嘴的人竟化了红唇……"

没想到,化妆的最高境界竟是无妆,竟是自然,这可使我刮目相看了。

化妆师看我听得出神，继续说："这不就像你们写文章一样？拙劣的文章常常是词句的堆砌，扭曲了作者的个性。好一点的文章是光芒四射，吸引了人的视线，但别人知道你是在写文章。最好的文章，是作家自然的流露，他不堆砌，读的时候不觉得是在读文章，而是在读一个生命。"

多么有智慧的人呀！可是，"到底做化妆的人只是在表皮上做功夫呀！"我感叹地说。

"不对的，"化妆师说，"化妆只是最末的一个枝节，它能改变的事实很少。深一层的化妆是改变体质，让一个人改变生活方式、睡眠充足、注意运动与营养，这样她的皮肤改善、精神充足，比化妆有效得多。再深一层的化妆是改变气质，多读书、多欣赏艺术、多思考、对生活乐观、对生命有信心、心地善良、关怀别人、自爱而有尊严，这样的人就是不化妆也丑不到哪里去，脸上的化妆只是化妆最后的一件小事。我用三句简单的话来说明，三流的化妆是脸上的化妆，二流的化妆是精神的化妆，一流的化妆是生命的化妆。"

化妆师接着做了这样的结论："你们写文章的人不也是化妆师吗？三流的文章是文字的化妆，二流的文章是精神的化妆，一流的文章是生命的化妆。这样，你懂化妆了吗？"

我为了这位女性化妆师的智慧而起立向她致敬，深为我最初对化妆师的观点感到惭愧。

告别了化妆师，回家的路上我走在夜黑的地表，有了这样深刻的体悟：这个世界一切的表象都不是独立自存的，一定有它深刻的内在意义，那么，改变表相最好的方法，不是在表相上下功夫，一定要从内在里改革。

可惜，在表象上用功的人往往不明白这个道理。

素质

很小很小的时候，我就感觉到花是非常奇怪的，因为在家院的庭前种了桂花、玉兰和夜来香，到了晚上，香气随风四散，流动在家屋四周，可是这些香花都是白色的。反而那些极美丽的花卉，像兰花、玫瑰之属，就没有什么香味了。

长大以后，才更发现这种截然不同的风格，凡香气极盛的花，桂花、玉兰花、夜来香、含笑花、水姜花、月桃花、百合花、栀子花、七里香，都是白色，即使有颜色也是非常素淡，而且它们开放的时候常是成群结队的，热闹纷繁。那些颜色艳丽的花，则都是孤芳自赏，每一枝只开出一朵，也吝惜着香气一般，很少有香味的。

"香花无色，色花不香"这真是一个惊人的发现；"素朴的花喜欢成群结队，美艳的花喜爱幽然独处"也是惊人的发现。依照植物学家的说法，白花为了吸引蜂蝶传播花粉，因此放散浓厚的芳香；美丽的花则不必如此，只要以它的颜色就能招蜂引蝶了。

我们不管植物学家的说法，就单以"香花无色，色花不香"就可以给我们许多联想，并带来人生的启示。

在人生里，每一个人都有其独特非凡的素质，有的香盛，有的色浓，很少很少能兼具美丽而芳香的，因此我们不必欣羡别人某些天生

的素质，而要发现自我独特的风格。当然，我们的人生多少都有缺憾，这缺憾的哲学其实简单：连最名贵的兰花，恐怕都为自己不能芳香而落泪哩！这是对待自己的方法，也是面对自己缺憾还能自在的方法。

面对外在世界的时候，我们不要被艳丽的颜色所迷惑，而要进入事物的实相，有许多东西表面是非常平凡的，它的颜色也素朴，但只要我们让心平静下来，就能品察出它内部最幽深的芳香。

当然，艳丽之美有时也值得赞叹，只是它适于远观，不适于沉潜。一个人在年轻的时候，很少能欣赏素朴的事物，却喜欢耀目的风华；但到了中年则愈来愈喜欢那些真实平凡的素质。例如选用一张桌子，青年多会注意到它的颜色与造型之美，中年人就比较注意它是紫檀木或乌心石的材质，至于外形与色彩就在其次了。

最近这些日子里，我时常有一种新的感怀，就是和一个人面对面说了许多话，仿佛一句话也没说；可是和另一个人面对面坐着，什么话也没说，就仿佛说了很多。人到了某一个年纪、某一个阶段，就能穿破语言、表情、动作，直接以心来相印了，也就是用素朴面对着素朴。

古印度人说，人应该把中年以后的岁月全部用来自觉和思索，以便找寻自我最深处的芳香。我们可能做不到那样，不过，假如一个人到了中年，还不能从心灵自然地散出芬芳，那就像白色的玉兰或含笑，竟然没有任何香气一样的可悲了。

以直观来面对世界

如果，我们没有预设的价值观呢？如果，我们可以随环境调整自己的价值判断呢？

就像一个不知道金钱、物质为何物的赤子，他得到一千元的玩具与十元的玩具，都能感受到一样的幸福。这是他没有预设的价值观，能以直观来面对世界，世界也因此以幸福来面对他。

就像我们收到陌生者送的贵重礼物，给我们的幸福感还不如知心朋友寄来的一张卡片。这是我们随环境来调整自己的判断，能透视物质包装内的心灵世界，幸福也因此来面对我们的心灵。

所以，幸福的开关有两个，一个是直观，一个是心灵的品味。

这两者不是来自远方，而是由生活的体会得到的。

什么是直观呢？

有源律师问大珠慧海禅师："和尚修道，还用功否？"

大珠："用功。"

"如何用功？"

"饿来吃饭，困来眠。"

"一切人总如同师用功否？"

"不同！"

"何故不同？"

"他吃饭时不肯吃饭，百种须索；睡时不肯睡，千般计较，所以不同也。"

好好地吃饭，好好地睡觉就是最大的幸福，最深远的修行，这是多么伟大的直观！在禅师的语录里有许多这样的直观，都是在教导启示我们找到幸福的开关，例如：

百丈怀海说："如今对五欲八风，情无取舍，垢净俱亡，如日月在空，不缘而照；心如木石，亦如香象截流而过，更无滞碍，此入天堂地狱所不能掇也。"

庞蕴居士说："神通并妙用，运水与搬柴。""好雪片片，不落别处。"

沩山灵佑说："一切时中，视听寻常，更无委曲，亦不闭眼塞耳，但情不附物，即得。……譬如秋水澄淳，清静无为，澹汀无碍，唤他作道人，亦名无事之人。"

黄檗希运说："凡人多不肯空心，恐落空。不知自心本空，愚人除事不除心，智者除心不除事。""终日吃饭，未曾咬着一粒米；终日行，未曾踏着一片地。与么时，无人我等相，终日不离一切事，不被诸境惑，方名自在人。"

在禅师的话语中，我们在在处处都看见了一个人如何透过直观，找到自心的安顿、超越的幸福。若要我说世间的修行人所为何事？我可以如是回答："是在开发人生最究竟的幸福。"这一点禅宗四祖道信早就说过了，他说："快乐无忧，故名为佛！"读到这么简单的句子使人心弦震荡，久久还绕梁不止，这不是人间最大的幸福吗？

只是在生命的起落之间，要人永远保有"快乐无忧"的心境是何其不易，那是远远越过了凡尘的青山与溪河的胸怀。因此另一个开关就显得更平易了，就是心灵的品味，仔细地体会生活环节的真义。

总有群星在天上

我沿着开满绿茵的小路散步，背后忽然有人说："你还认识我吗？"我转身凝视她半天，老实地说："我记不得你的名字了。"她说："我是你年轻时第一次最大的烦恼。"她的眼睛极美，仿佛是大气中饱孕露珠的清晨，试图唤醒我的回忆。我默默地站了一会儿，感到自己就是那清晨，我说："你已卸下了你泪珠中的一切负担了吗？"她微笑不语，我感觉到她的笑语就是从前眼泪所化成的。"你曾说，"看到我有如湖水般清澈平静，她忍不住低声地说："你曾说，你会把悲痛永远刻在心版。"

我脸红了，说："是的，但岁月流转，我已忘记悲痛。"然后，我握着她的手说："你也变了。""曾经是烦恼的，如今已变成平静了。"她说。最后，我们牵着手在开满绿茵的小路散步，两个人都像清晨大气中饱含的露珠，清澈、平静、饱满。昨天悲痛的露珠早已消散，今晨的露珠也在微笑中，逐渐消散了。

这是泰戈尔《即兴诗集》里的一段，我改写了一点点，使它具有一些"林清玄风格"，寄给你。我觉得这一段话很能为我们情爱的过往写下注脚。我偶尔也会遇见年轻时给我悲痛与烦恼的人，就感觉自己很能接近这首叙事诗的心情了。

我很能体会你此时的心情，因为不想伤害别人，以致迟迟不能做出分手的决定。你是那样的善良与纯真（就像我的少年时代），可是，往往因为我们不忍别人受伤，到最后，自己却受了最大的伤害，那就像把一支蜡烛围起来烧一样（因为我们怕烧到别人），自己承受了浓烟和窒息。其实，只要我们把蜡烛拿到桌面上，黑暗的房子看得更清楚，自己和别人说不定因此有一些光明与温暖的体会。

这些年来，我日益觉得智慧的重要。什么是"智慧"呢？智是观察和思考的能力，慧是抉择与判断的能力。你的情形是很容易做观察和抉择的。爱上你的人是你不该爱的人，而选择分手可以使你卸下负担得到自由，为什么不选择及早地分手呢？你不忍对方受伤害，但是，爱必然会带着伤害，特别是不正常不平衡的爱，伤害是必然的，我们要学习受伤，别人也要学习受伤呀！

我再写一首泰戈尔的短诗给你：

烟对天空、灰对大地自夸："火是我们的兄弟。"
悲伤对心、烦恼对生命自矜："爱是我们的姊妹。"

问了火和爱，他们都说："我们怎么会有那样的兄弟姊妹？"
"我的兄弟是温暖和光明。"火说。"我的姊妹是温柔与和平。"爱说。

在我们生命的岁月里，火和爱或许是必要的，但不必要弄得自己烟尘滚滚、灰头土脸，也不必一定要悲伤和烦恼，那就像每天有黎明与日落一般，大地是坦然地承受罢了。不正常与不平衡的爱是人生最好的启蒙，就如同乌云与暴风雨是天空最好的启示一般。

关于心、关于生命，没有什么是真正的伤害，也没有什么是真正的好。雨在下的时候可能觉得自己对茉莉花是有好处的，但盛开的茉莉花可能因为一场微雨凋落了；曝晒的阳光可能觉得自己会伤害秋日的土地，但土地中的种子却因为阳光能青翠地发芽了。爱情的成熟与圆满正是如此，只要不失真心，没有什么可以伤害我们真实的生命。在写信给你的时候，我的思想像一只天鹅飞翔，忆起自己在笔记上写过的一些东西：

箭在弓上时，箭听见弓的低语："你的自由是我给予的。"
箭射出时，回头对弓大声说：
"我的自由是我自己的。"
——没有飞翔，就没有自由。
——没有放下，就没有自由。
——没有自由，弓与箭都失去意义。

这些都是游戏的笔墨，我们千万别忘了弓箭之后有拉弓的力，力之后还有人，人还要站在一个广大的空间上。

人人都渴望爱情，即使我们正处在其中的爱情不是最好的，却因为渴求而盲目了，这一点连天神也不例外。希腊神话里太阳神阿波罗在追求猎户少女多妮时，因为追不到，使她被父亲化成一棵月桂树，然后感叹地说："你虽不爱我，但最低限度你必须成为我的树。"从此，阿波罗的头上总是戴着月桂冠，纪念他对多妮的爱。牧神潘恩则把女神灵化成一簇芦苇，并把她化成一支芦笛随身携带。世上最美的少年勒施萨斯无法全心地爱别人（因为他太爱自己了），最后他化为池中的一朵水仙花。另一位美少年海亚仙英斯则因为阿波罗的嫉妒而变成一枝随风漂泊的风信子……

神话是一个象征，象征人要从情爱中得到自由自在、无碍解脱是

多么艰难呀！但是学习是人间的功课，到现在我还在学习，只是我每看到人在情爱中挣扎都是感同身受，希望别人早日得到超越，那是因为我们的学习不一定要自己深陷泥沼才会体验到，有观照之智、抉择的慧，也知道那泥沼的所在和深浅，绕道而行或跨步而过。

希望下次收到你的信，就听见你的好消息。我们不必编月桂冠戴在头上，不必随身携带芦笛，人生有许多花朵等我们去采。如果只想采断崖绝壁那一朵绝美的百合，很可能百合没有采到，清晨已经消逝了。

青春的珍惜是最重要的。在不正常不平衡的爱里浪掷青春，将会使人生的黄金岁月过得茫然而痛苦。青春像鸟，应该努力往远处飞翔。爱情纵使贵如黄金，在鸟的翅膀绑着黄金时，也会使最善飞翔的鸟为之坠落！

> 屋里的小灯虽然熄灭了，
> 但我不畏惧黑暗，
> 因为，总有群星在天上。
> 爱情虽然会带来悲伤，
> 一如最美的玫瑰有刺，
> 但我不畏惧玫瑰，
> 因为，我有玫瑰园，
> 我只欣赏，而不采摘。

但愿这封信能抚慰你挣扎的心，并带来一些启示。